Catalogage avant publication de Bibliothèque et Archives nationales du Québec et Bibliothèque et Archives Canada

Rivard, Émilie, 1983-

Un cœur dans les palmiers

(Biblio romance; 6)
Pour les jeunes de 10 ans et plus.

ISBN 978-2-89595-531-3

I. Titre. II. Collection: Biblio romance; 6.

PS8635.I83C63 2010   jC843'.6   C2010-941361-X
PS9635.I83C63 2010

Auteure : Émilie Rivard
Illustration de la couverture et graphisme : Mika

Dépôt légal — Bibliothèque et Archives nationales du Québec, 3ᵉ trimestre 2010

ISBN 978-2-89595-531-3

Gouvernement du Québec — Programme de crédit d'impôt pour l'édition de livres — Gestion SODEC

Boomerang éditeur jeunesse remercie la SODEC pour l'aide accordée à son programme éditorial.

Nous reconnaissons l'aide financière du gouvernement du Canada par l'entremise du Programme d'aide au développement de l'industrie de l'édition (PADIÉ) pour nos activités d'édition.

ASSOCIATION NATIONALE DES ÉDITEURS DE LIVRES

Imprimé au Canada

ÉMILIE RIVARD

Un cœur dans les palmiers

Tu es un ou une *fan* des romans de
la série Biblio Romance et tu veux
savoir EN PREMIER quand
paraîtra la suite des aventures ?

Alors, inscris-
toi à la

au www.boomerangjeunesse.com

et sélectionne dans

Web fan La zone COOL

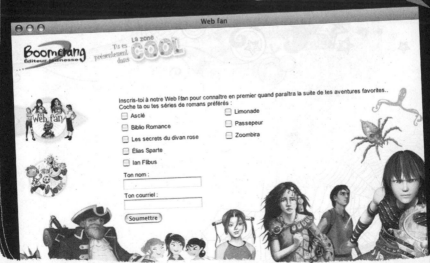

À Nadia, ma « globetrotteuse » préférée !
Merci de me faire ainsi voyager...
même si je m'ennuie de toi !

Table des matières

Chapitre 1
L'idée de papa

L'avion se pose sur la piste de l'aéroport de San José, la capitale du Costa Rica. C'est, pour mes parents, ma grande sœur de quinze ans, Stéphanie, et moi, le début de toute une aventure !

* * *

Nous préparons ce voyage depuis des mois. En fait, depuis le jour où papa a réuni toute la famille dans le salon et a annoncé :

— Les filles, j'ai une idée. À vous de me dire si elle est bonne ou mauvaise.

— Sûrement mauvaise…, a répondu Steph sans même savoir de quoi il s'agissait.

J'ai éclaté de rire, persuadée que ma sœur avait probablement raison. Mon père a souvent des projets un peu trop farfelus. Environ deux fois par année, il a un nouveau plan pour changer le monde !

— Est-ce que vous me laissez m'exprimer, les filles ?

— Oui, papa…

— Que diriez-vous qu'on parte un an en Amérique latine ?

— Et l'école ? a demandé maman.

— Les Prévost ont passé six mois en Europe, l'année dernière, et leurs enfants continuaient à apprendre dans les livres. Jean et Monique les aidaient et ça s'est très bien déroulé. On n'est certainement pas pire qu'eux ! a répliqué papa.

— Et tu pourrais t'arranger avec ton travail ? s'est informée maman.

— Sans problème !

— Ça serait GÉNIAL ! s'est exclamée Stéphanie.

Sur le coup, je n'étais pas aussi emballée qu'elle. J'avais adoré notre voyage dans les parcs nationaux des États-Unis et celui en Italie, mais nous ne partions jamais plus d'un mois. Une année à l'étranger, dans des lieux inconnus, c'est autre chose…

Puis, nous avons regardé des photos sur Internet, Steph et moi. Les plages du Brésil, les volcans du Costa Rica, les singes, les toucans… tout ça, c'est quand même mieux que la neige et le froid de l'hiver québécois !

Papa nous a ensuite montré quelques vieilles photos du temps où il faisait de la coopération internationale. Il partait souvent avec des groupes, avant que Steph naisse. Il construisait des écoles, défrichait des sentiers dans des parcs nationaux, ou bien il aidait les gens là-bas à bâtir leur petite entreprise. Ce qui m'a frappée, c'est le soleil et les sourires, présents sur chacune des photographies. Les vêtements moches de papa, aussi... d'horribles chandails trop grands aux couleurs fluo !

— Ça, Gabrielle, c'était les années 1990 !

Ouf ! Je veux bien passer un an à voyager avec mes parents, mais il aurait été hors de question que j'adopte moi aussi un look aussi moche, et je dirais même ridicule !

Bref, toute la famille a foncé tête première dans le grand projet de papa. Durant ces longs mois de préparation, j'ai essayé de ne pas trop penser à ce que je laissais derrière : mes amies, ma chambre, même l'école... En même temps, nous avions tellement de choses à planifier ! Nous possédions déjà une base d'espagnol, Steph et moi, parce qu'il arrivait souvent à papa, qui est presque bilingue, de nous parler dans cette langue depuis que nous sommes toutes petites. Mais nous avons tout de même suivi des cours privés pendant plusieurs mois avec une amie chilienne de maman. Surtout pour soutenir ma mère, en fait, qui n'est pas particulièrement douée pour l'apprentissage des langues…

Nous avons ensuite planifié notre trajet. Nous voulions évidemment passer par les plus importants attraits, en essayant d'éviter les endroits trop touristiques, qui, d'après papa, sont souvent « de vraies attrapes à touristes ». Mais nous avions aussi envie d'aller hors des sentiers battus, dans des villages un peu plus reculés, où nous pourrions possiblement nous rendre utiles. Papa tenait aussi à retourner dans les familles où il avait séjourné lors de ses voyages humanitaires.

Puis, nous avons dû nous faire vacciner contre toutes sortes de maladies tropicales. Fièvre jaune, hépatite A, hépatite B, en plus de nous procurer des pilules contre la malaria et de l'insecticide contre la dengue. J'ai eu l'impression de m'être fait piquer partout où c'est possible ! Mais, au moins, papa a perpétué une vieille tradition : nous amener au resto après ce genre de visite médicale désagréable...

Je dirais en fait que le plus dur dans tous ces préparatifs a été de faire nos bagages. Mon père n'arrêtait pas de nous répéter :

— On devra traîner sans cesse nos sacs durant toute une année, alors apportez le MINIMUM !

De l'autre côté, ma mère renchérissait :

— Mais il faut essayer de penser à tout...

Et moi, je regardais chaque morceau de ma garde-robe en m'ennuyant déjà de ce que je laisserais ici. Chaque fois que Steph passait devant ma chambre, elle jetait un coup d'œil sur la pile de camisoles, de jupes, de pantalons et de chandails qui se formait au pied de mon lit, et se faisait une joie de lancer un commentaire du genre :

— Franchement, Gab, on s'en va pas faire une parade de mode ! Veux-tu bien me dire ce que tu vas faire à côté d'un volcan avec une jupe comme celle-là ?

On sait bien, c'est simple pour Steph : elle fait partie de ces filles qui sont bien et surtout jolies même vêtues d'une poche de patates ! Je ne sais pas comment elle fait, mais elle a à peine levé la tête de son oreiller le matin que déjà ses longs cheveux châtain roux semblent coiffés par les stylistes des *stars* ! Je me demande même si elle possède une brosse… Et je ne parle pas de ses yeux bleu marine. Des yeux bleu marine ! Aucun mascara ou ombre à paupières n'est nécessaire pour rehausser le regard d'yeux bleu marine ! La seule chose qui ne fait pas de ma sœur un mannequin-né est sa petite taille, qu'elle a héritée de maman.

De mon côté, tout est plus difficile. Steph et mes parents ont beau me dire que je suis très jolie au naturel, quand je me regarde dans le miroir, je vois une fille pas complètement laide, mais… sans intérêt. Je suis par contre devenue bien habile pour me maquiller afin de mettre mes yeux brun vert en valeur. Quelques petites touches par-ci par-là, sans exagérer (je déteste ça quand les filles mettent tant de couches de fond de teint, de rouge à lèvres et d'ombre à paupières qu'elles ressemblent à des clowns !).

Tout est devenu un peu plus difficile le jour où mon amie Laura, dans sa grande générosité, a décidé de couper mes cheveux châtains… C'était si raté que j'ai dû passer chez la coiffeuse. Ça a repoussé depuis et ma coupe en dégradé jusqu'aux épaules s'améliore de jour en jour, mais une chose est sûre : jamais plus Laura n'approchera une paire de ciseaux de ma tête !

Finalement, avec beaucoup de temps, d'effort et de frustration, j'ai réussi à fermer la fermeture éclair de mon immense sac à dos !

Ensuite, mes amies m'ont préparé une fête de départ vraiment trop géniale, avec des mets mexicains (même si nous ne passerons pas par le Mexique…) et de la musique sud-américaine. C'était encore mieux que mon dernier anniversaire. Sauf à la fin, où tout le monde pleurait… Sarah, Noémie, Anabelle, Marilou, Élizabeth et surtout Laura, je vais tellement m'ennuyer d'elles ! Heureusement, Internet existe et nous pourrons communiquer quand il nous plaira, ou presque !

* * *

Et c'est ainsi que nous sommes partis, hier matin très très tôt, à moins que ce ne soit avant-hier matin... Avec toutes ces heures de vol, j'ai complètement perdu la notion du temps! Première destination... Cleveland, aux États-Unis! En fait, c'est seulement pour y prendre un autre avion pour Houston, puis enfin, on arrive à San José, au Costa Rica! Et l'aventure commence...

Chapitre 2
Un monde à découvrir

Nous descendons de l'avion, tous les quatre fatigués, mais quand même très énervés d'être enfin arrivés dans ce premier pays à découvrir ! Les gens de l'aéroport de San José sont très accueillants. Nous retrouvons nos bagages sans difficulté. Oui, je l'avoue, je trouve déjà mon sac à dos trop lourd… mais je ne le dirai jamais devant Stéphanie ! Et puis je finirai bien par me muscler.

Nous passons aux douanes assez rapidement puis nous, les autres voyageurs et les Costariciens de retour nous dirigeons jusqu'à la sortie. Dès que je pose les pieds dehors, je me sens comme si j'étais avalée par une gigantesque tornade. Un homme attrape mon sac et celui de ma mère d'un même mouvement. Mon père proteste en espagnol. Je ne comprends pas ce qu'il dit, ni la réponse de l'homme, parce qu'ils parlent beaucoup trop vite. Je remarque alors le taxi orange que l'homme pointe, et je comprends mieux ce qui se passe. Papa embarque à l'avant du véhicule, tandis que maman, Steph et moi nous entassons à l'arrière avec les bagages qui n'ont pas réussi à rentrer dans le coffre. On a peut-être seulement quatre sacs à dos, mais ils sont plutôt énormes !

Le nez collé à la fenêtre, je suis complètement fascinée par la ville. Je ne sais pas pourquoi, mais je ne m'attendais pas à une vraie de vraie ville. Les rues sont bordées de grosses bâtisses, certaines modernes, certaines anciennes très bien conservées (des monuments coloniaux espagnols, nous explique papa). Il y a des gens partout sur les trottoirs, la plupart ont la peau assez foncée et des cheveux sombres, mais j'y aperçois quelques têtes blondes.

Puis, le taxi tourne dans une entrée et se gare devant un petit hôtel. Papa paie au chauffeur ce qu'il lui doit en colons, la monnaie costaricienne. Oui, oui, des colons ! Steph et moi avons fait toutes les blagues possibles quand nous l'avons su.

Notre hôtel n'est pas un cinq étoiles, mais nous n'y sommes que pour une nuit, alors je ne fais pas attention au papier peint défraîchi et au vieux tapis. Pour moi, une seule chose importe : il y a une connexion Internet ! Je laisse donc mes parents monter les bagages et Stéphanie feuilleter les dépliants d'information touristique et je m'installe devant un ordinateur pour envoyer un courriel à mes amies. La lenteur de la machine est exaspérante. Ils ne connaissent visiblement pas la haute vitesse, dans cet endroit. Je me rends vite à l'évidence : la connexion ne se fera pas avant l'an 3680 !

Un peu, pas mal, beaucoup déçue, je monte rejoindre mes parents à notre chambre en espérant que j'aurai plus de chance demain, dans l'hôtel au bord de la mer des Caraïbes ! Youhou !

***

Salut, les filles,

Eh non ! Mon avion ne s'est pas écrasé au beau milieu de la mer. Je suis arrivée en un seul morceau au Costa Rica ! Après un court passage à San José (nous visiterons vraiment cette ville plus tard) et trois heures dans un autobus plus plein encore que les autobus chez nous à l'heure de la sortie de l'école, nous sommes à LA PLAYA (la plage, en espagnol, juste au cas où vous n'auriez pas saisi)!! Ma mère voulait absolument que nous commencions notre voyage par une dizaine de jours à relaxer, pour décompresser des dernières semaines plutôt stressantes passées au Québec. Nous sommes donc au bord de la mer des Caraïbes et c'est BEAUCOUP TROP BEAU! Notre hôtel est charmant, les employés sont hyper sympathiques et vraiment très *relax*. On mange des plats déééélicieux avec plein de lait de coco et des crevettes. La plage est souvent presque déserte. Je ne veux pas vous écœurer, mais je ne peux pas m'empêcher de sourire en pensant qu'en ce moment vous êtes sous la pluie alors qu'on a les deux pieds dans le sable blanc! La chose la plus dérangeante (mais beaucoup trop drôle en même temps), c'est les petits singes bruns à tête blanche qui piquent des trucs aux touristes. Je m'ennuie vraiment beaucoup de vous, mais je sens quand même que cette année sera des plus merveilleuses !

Je vous aime fort !

Gab xxx

J'envoie mon message, fière d'avoir réussi à dénicher tous les accents sur cet étrange clavier.

— Allez, Gab, lâche l'ordi et va mettre ton bikini ! me crie Stéphanie de l'autre bout du hall d'entrée de l'hôtel.

Je m'exécute en vitesse et, huit minutes plus tard maximum, je passe la porte qui mène à la plage. Mes parents sirotent une boisson locale, bien calés dans un hamac. Je me demande si j'ai déjà vu ma mère aussi détendue ! Je rejoins ma sœur, qui marche lentement le long de l'eau, se trempant le bout des orteils, ses grands yeux bleus fixant la mer. Au bout de son regard, j'aperçois deux personnes au loin sur des planches de surf. Des beaux surfeurs ! Il ne manquait plus que ça !

— Tu crois qu'ils sont mignons ? me demande-t-elle.

Je lui réponds :

— Dans ce paradis ? C'est certain !

Nous les regardons affronter les vagues un bon moment. Puis, je les vois s'approcher. Ce sont deux gars qui semblent beaucoup plus jeunes que je l'aurais cru. Le plus petit a à peu près mon âge, d'après moi.

— On va leur parler ? propose Steph.

Elle ne me laisse pas le temps de répondre et trotte à leur rencontre. Ma sœur est si sociable que je ne serais pas étonnée de la voir discuter avec le singe paresseux que nous avons aperçu en arrivant hier. De mon côté, je suis un peu plus timide. Ils riront probablement de notre niveau d'espagnol très moyen. Et si ce sont des touristes qui parlent anglais, ce sera encore pire, mon vocabulaire dans cette langue se limitant à *steak*, *toaster* et *bumper*. Trop tard : elle leur tend déjà la main. Je la rattrape en quelques pas, et je suis un peu soulagée de constater qu'ils parlent espagnol.

— *C'est ma sœur, Gabrielle*[1].

---

[1] Les répliques de dialogue en italique sont traduites de l'espagnol.

— *Enchanté, Gabriella !* répond le plus grand des deux.

Il a la peau presque noire, ce qui fait paraître son sourire encore plus blanc.

L'autre s'avance d'un pas et nous dit :

— *Salut, moi, c'est Romario.*

Wow ! En quatre mots, je suis plutôt sous le charme. Du coup, je bafouille, j'oublie toutes mes connaissances en communication, peu importe la langue, et Stéphanie doit prendre la relève pour poursuivre un semblant de discussion. Pendant qu'elle parle, j'observe Romario. Il n'est pas laid du tout, avec ses yeux presque noirs et sa voix éraillée… En fait, avec son sourire un peu coquin, il a surtout l'air très sympathique. Et comme la vie d'ici est bien faite, il vit à deux pas de l'hôtel et il vient surfer à cet endroit presque tous les jours. Demain, je réussirai peut-être à lui dire deux mots… Bon, soyons réalistes : un mot !

Chapitre 3
Soleil, surf et compagnie !

En retournant à l'hôtel après notre rencontre avec Romario et Fabricio (son grand frère), Stéphanie et moi avons décidé qu'il valait mieux ne pas en parler à nos parents.

— Tu les connais, ils pensent encore qu'on a huit ans. Ils nous sortiraient sûrement un discours du genre : « Il ne faut pas accepter de bonbons des messieurs que vous ne connaissez pas », prévient Steph.

— Mais en même temps, est-ce qu'ils croient vraiment qu'on ne va parler à personne pendant un an ?

— Exact, Gab !

Je retrouve papa et maman sur la terrasse de l'hôtel, toujours avachis dans le hamac, à peu près dans la même position qu'au moment où je les ai quittés plus tôt. Lorsque je leur en fais la remarque, mon père répond :

— On fait pas « rien du tout », ma Gaby, on regarde le paresseux, juste là. Durant la dernière heure, il a monté sa patte d'au moins huit centimètres sur sa branche.

— Et puis je pense qu'on mérite ce moment zen, les filles. C'est comme la décontamination de notre routine stressante du Québec ! ajoute ma mère.

Belle année en perspective : eux vont s'encroûter dans des hamacs, siroter des boissons tropicales, et nous, nous aurons la chance de… ne parler à aucun étranger. Au fond, je sais que je m'inquiète pour rien. Je connais mes parents, surtout mon père. Après une journée et demie à se relaxer, il n'en pourra plus, il nous planifiera trois activités à la fois et nous devrons courir pour le suivre quelque part dans la jungle entre la mer des Caraïbes et le Pacifique ! En attendant, je ferais bien d'en profiter pour me détendre, moi aussi, les fesses dans le sable, en contemplant la mer… et les beaux surfeurs !

✳✳

Le lendemain matin, très tôt, après un copieux déjeuner, ma sœur et moi enfilons de nouveau nos bikinis et retournons au bord de la mer. Plusieurs touristes ont déjà installé leurs parasols, mais l'ambiance et l'achalandage n'ont rien à voir avec les plages du Maine, où nous allions souvent passer nos vacances d'été. On dirait qu'ici le temps coule plus lentement qu'ailleurs. Je crois que je pourrais passer ma vie devant cette mer trop bleue, entourée de milliers de sortes d'arbres, de fleurs, d'oiseaux et... de surfeurs ! Car oui, ils sont bien là, au loin, côte à côte sur leurs surfs, Romario et Fabricio !

Les vagues les rapprochent doucement de la rive.

— Allez, viens, on va les voir ! propose ma sœur en me tirant par le coude.

Je n'ai pas trop le choix de la suivre, même si mes jambes molles ont du mal à avancer aussi vite dans le sable ! Avant que nous arrivions près d'eux, deux filles les rejoignent.

— Ben là, Steph, on n'ira pas les voir, ils sont avec leurs amies et...

— On va juste rencontrer plus de monde ! Et on pourra encore mieux pratiquer notre espagnol ! De toute façon, ils nous ont déjà vues..., conclut Stéphanie.

En effet, Fabricio donne un coup de coude à Romario et, ensemble, ils font des gestes signifiant d'approcher. Ils disent quelques mots aux autres dans un débit trop rapide pour que je comprenne tout. Je saisis quand même qu'ils nous présentent aux deux autres. Puis, Romario prend la peine de s'adresser à nous plus lentement.

— *C'est notre amie Silvia et notre sœur Magdalena.*

Nous serrons les mains de tout le monde, sans trop savoir si c'est la coutume ici aussi. Silvia demande :

— *Eh, les filles, vous avez déjà essayé le surf ?*

— *Non...*, répondons Steph et moi en chœur.

— *Ça vous dirait ?*

— *Pourquoi pas !* s'exclame Stéphanie, ravie.

Pour ma part, j'hésite. Je n'ai pas particulièrement envie de me couvrir de ridicule devant tout le monde !

— *Ne t'en fais pas, moi aussi, je suis...*, me glisse Silvia à l'oreille, en terminant sa phrase par une grimace et un pouce vers le bas.

J'éclate de rire et je décide finalement de me joindre à la bande qui retourne vers la mer.

Après plusieurs essais et avec les conseils de Romario, je me débrouille finalement pas mal du tout! Mieux que ma sœur, Stéphanie, qui fait les pirouettes les plus acrobatiques… et comiques.

Nous surfons tout l'avant-midi et nous arrêtons seulement pour avaler une bouchée. C'est tout simplement génial! Je m'entends vraiment bien avec Romario. J'imagine sans peine mon amie Marilou me dire: «Houlala, il y a de la *passion* (avec un faux accent italien) dans l'air!» Pourtant, non. Romario est vraiment un très, très beau gars, mais depuis hier, jamais je n'ai pensé qu'il pourrait y avoir quelque chose entre lui et moi.

En début d'après-midi, une averse monstre nous tombe dessus. Romario m'explique que c'est comme ça presque tous les jours à cette période de l'année. La pluie s'abat fortement durant environ deux heures, et ensuite le soleil revient et assèche tout en un rien de temps! La plage est maintenant déserte et nous décidons d'y rester tous les six, malgré le mini déluge. Nous rions comme des fous ! J'ai le sourire accroché aux lèvres toute la journée, tellement que, quand je retourne à l'hôtel, j'en ai presque des crampes dans les joues !

Stéphanie, elle, semble beaucoup moins joyeuse. Je n'ai pas remarqué ce qui s'est passé entre elle et Fabricio, mais elle a couru jusqu'à l'hôtel sans m'attendre. Je la rejoins le plus vite possible. Heureusement, nos parents ne sont pas encore revenus à la chambre. Je peux donc la questionner plus tranquillement, même si je doute qu'elle me réponde. Après tout, je ne suis que sa petite sœur !

— Qu'est-ce qui s'est passé, Steph ?

— Si je te le dis, tu promets que tu vas le répéter à PERSONNE ? Même pas à Marilou ou Laura ?

Wow ! Ma sœur qui me fait des confidences, c'est du jamais vu !

— Quand on surfait, tantôt, j'ai... perdu mon... mon haut de maillot de bain...

— Et Fabricio t'a vue ?

— Ben oui, il était juste devant moi ! J'ai jamais été aussi gênée de toute ma vie !

— Et il a été impressionné ?

Elle me regarde d'abord avec une face qui dit : « Tu me décourages, Gab ! », puis, peu à peu, son air s'adoucit et elle éclate finalement de rire. On dirait que ce voyage changera certaines choses entre ma grande sœur et moi... pour le mieux !

Chapitre 4
Miracle costaricien

Salut, les fiiiilles ! C'est gééénial ici ! Je fais du surf avec un supeeeeerbe surfeur costaricien (non, Marilou, je ne vais pas décider de rester ici et de l'épouser… ha ha ha !). En fait, ça, c'était hier, parce qu'aujourd'hui MA MÈRE a décidé de m'accompagner à la plage avec son horriiiible maillot aux motifs de la jungle pendant que mon père organise les derniers préparatifs pour la prochaine étape. Donc, j'ai à peine parlé à mes nouveaux amis (Romario le beau surfeur, son frère, sa sœur et leur amie). MAIS on a jasé juste assez longtemps pour qu'ils m'annoncent qu'il y aura une fête ce soir au restaurant juste à côté de l'hôtel. Et le plus beau, c'est que si Steph accepte de venir aussi, les parents vont nous laisser y aller toutes seules ! Mais ce n'est pas gagné…

Je vous raconte tout ça plus tard !
À plus, les beautés !

Après avoir écrit mon courriel à mes amies, je cours jusqu'à notre chambre d'hôtel pour annoncer la grande nouvelle à Stéphanie. Je la retrouve couchée sur notre lit, un manuel de français entre les mains.

— Steph, Steph, Steeeeph !

— Quoi ? marmonne-t-elle.

— Ce soir, il y a une fête et maman accepte qu'on y aille sans elle ! Je sais pas si c'est le soleil qui a frappé trop fort sur sa petite tête, mais…

— Arrête, Gab, j'y vais pas.

— À cause de ce qui s'est passé avec Fabricio ? Reviens-en !

Ça, c'est une belle douche froide. Elle ne peut pas me faire ce coup-là ! Si elle ne vient pas, nos parents ne voudront jamais que j'y aille toute seule. Il faut que je trouve un moyen de la convaincre, et vite !

— Steph, on pourrait être au Québec, sous la pluie, à compter le nombre de jours minuscule de vacances qui reste en déprimant. Mais non ! On est ici, au Costa Rica, les pieds dans la plus belle plage du monde, avec les plus beaux gars du monde, qui veulent nous montrer à danser le merengue, et tout ce que tu trouves à faire, c'est de rester écrasée sur le lit à étudier ton français. Ouache ! On pourrait pas en profiter un peu, de ce voyage ? En plus, on reste si peu longtemps sur la côte caraïbe !

— Si j'accepte d'y aller… est-ce que tu me prêteras ta robe rayée ?

— Qui te dit que je l'ai mise dans mes bagages ? Tu disais que j'étais folle d'apporter ce genre de vêtements…

— Arrête de déconner, je l'ai vue dans ton sac.

Je sais que ce n'était pas très raisonnable de traîner des vêtements que je n'étais même pas certaine de porter, mais je n'ai pas pu résister à prendre avec moi cette robe qui, de toute façon, ne prenait presque pas de place, bien roulée entre mes pantacourts et mes t-shirts.

— Mais si je te la prête, moi, je vais porter quoi ? Mes vieilles guenilles ?

— Tu préfères y aller en guenilles ou ne pas y aller du tout ?

— Tu es cruelle.

— Pas du tout ! J'ai aussi vu ta camisole brune, celle qui te donne l'air d'une *star* en vacances !

— Tu trouves ?

— J'ai déjà entendu « le siii beau » Samuel Côté-Gauthier le dire…, singe-t-elle en nous imitant, mes amies et moi.

Ma camisole brune. Je l'avais presque oubliée, celle-là. Il faut dire qu'elle est bien cachée, au fond d'un soulier. Je ne crois pas vraiment que Sam Côté-Gauthier ait pu dire une chose pareille, mais c'est vrai qu'elle me va plutôt bien, cette camisole.

Nous passons au moins une heure à nous préparer pour la fête, ma sœur et moi. Pour Stéphanie la beauté naturelle qui ne perd jamais plus de trois minutes par jour devant un miroir, c'est un record ! Pour moi, le record est tout autre : j'arrive à me donner une tête satisfaisante avec très peu de moyens. Pas de maquillage, ni de fer : seul un petit séchoir à cheveux de voyage peut nous aider. Ce n'est pas beaucoup, pour dompter ma crinière... Mais j'y arrive ! Ce doit être le miracle costaricien !

✳✳✳

Puis sonne l'heure de nous rendre à la fête. La musique parvient jusqu'à la fenêtre de notre chambre. Papa et maman nous font une liste de mille trois cent soixante-quatre recommandations avant d'enfin nous laisser partir. Nous savons très bien que, dès que nous aurons le dos tourné, ils seront assis bien tranquillement à une table du bar de l'hôtel à siroter une boisson locale... surtout parce qu'on peut y apercevoir la terrasse du restaurant !

Je cours jusqu'à destination, suivie de près par Stéphanie. L'ambiance est vraiment géniale ! Un vrai groupe costaricien enchaîne les chansons entraînantes, juché sur une toute petite scène. Nous rejoignons vite notre bande de copains. Ils sont tous accoudés au long comptoir derrière lequel Lily sert des verres aux nombreux clients.

— *Allo, les belles !* crie Fabricio pour couvrir le son de la musique.

— *Vous venez danser ?* demande Romario.

35

Je bafouille en retour :

— *Je… je…*

Stéphanie vient à ma rescousse :

— *Ça nous prendrait un petit cours…*

— *Après ce soir, vous serez les reines du merengue !* s'exclame Fabricio.

Ce dernier attrape ma sœur par la taille et l'emmène sur la piste. Steph semble avoir oublié son moment terriblement gênant. Romario me prend la main et m'entraîne vers eux.

Au départ, j'ai l'impression d'avoir les pieds dans un bloc de ciment. Mon corps bouge comme un robot. Tout autour de moi, les filles se déhanchent avec facilité. Même ma sœur se débrouille à merveille ! Je la vois tourner, répondant avec facilité aux gestes de Fabricio. Je me sens un peu ridicule. Je suis là, à tenter désespérément de compter les pas et à essayer de deviner si je dois aller à droite ou à gauche. Je m'attends à ce que Romario éclate de rire d'une seconde à l'autre. Mais non, il me fait un grand sourire d'encouragement. Il me crie par-dessus la musique :

— *Laisse-toi aller, suis la musique !*

Je ferme les yeux une fraction de seconde. Je me laisse guider par le rythme, puis par les mouvements de Romario. Cela semble si naturel, pour lui ! Je bouge alors sans me préoccuper de mes pieds cimentés, ni des autres qui pourraient se moquer de moi. De toute façon, au fil des chansons, je leur donne de moins en moins de raison de rire !

Je danse sans m'arrêter, même pas pour boire une gorgée de jus. Puis Stéphanie me tape sur l'épaule pour me dire :

— Viens, Gab, c'est l'heure de rentrer.

Nos amis nous souhaitent une bonne nuit et nous retournons à l'hôtel, les oreilles pleines de musique sud-américaine. C'était la plus belle soirée de ma vie !

Chapitre 5
Au sommet du volcan

Salut, les filles !

Je sais, je sais, ça fait des siècles que je vous ai écrit. Vous comprendrez que je devais profiter de chaque minute passée ici avant de partir !

Après la fête dont je vous ai parlé la dernière fois, nous avons passé plusieurs autres soirées à danser, Steph, Romario, Fabricio et moi. Et presque tous les jours, nous allions surfer ! Parfois, Romario ne pouvait pas venir, mais il me laissait sa planche de surf pour que je puisse y aller quand même.

J'ai passé les plus beaux jours de ma vie, ici. Il ne manquait que vous pour que mon bonheur soit parfait ! Malheureusement, nous quittons l'hôtel demain matin. Je vous redonne des nouvelles dès que je peux, en espérant qu'il y aura une connexion Internet dans notre prochain hôtel !

Gab xxx

Faire mes bagages est un véritable casse-tête. Je regarde les vêtements à engouffrer dans mon sac et la place dont celui-ci dispose. Un véritable problème mathématique se pose : comment j'ai pu loger tout ceci dans ça ? J'essaie durant près de quinze minutes de tout empaqueter, mais le seul moyen de réussir cette mission serait de recommencer à zéro. Or, je n'ai absolument pas le temps ! Ma sœur a finalement pitié de mon manque d'organisation. Il lui reste quelques trous dans ses bagages. Elle me fait donc signe de lui glisser quelques pantalons en douce, sans que notre père s'en aperçoive. Cela m'épargne son sermon de : « Je vous avais pourtant dit d'apporter le minimum. » Maman aurait ajouté : « Et de vous y prendre de bonne heure ce matin ! » Je n'ai pas dit ça souvent dans ma vie, mais j'adore ma grande sœur !

L'autobus est rempli à ras bord. Et quand je dis rempli, c'est rempli ! Si un autre passager voulait y monter, il devrait faire la route sur le toit ! Il fait terriblement chaud et les routes en mauvais état nous donnent l'impression de voyager dans une vieille sécheuse. Après moins d'une demi-heure de trajet, j'en ai plus qu'assez. Si je ne me retenais pas, je sortirais par une fenêtre et je courrais en sens inverse pour retrouver la plage, le surf et le merengue. Mais je dois me rendre à l'évidence, c'est ça, ma nouvelle vie : faire des rencontres de toutes sortes, dire adieu et repartir sur des chemins cahoteux.

Je jette un coup d'œil à Stéphanie, qui est beaucoup plus zen que moi. Elle regarde dehors, un demi-sourire aux lèvres. C'est vrai que le paysage est magnifique, avec ces variétés de plantes qui bordent la route ! Toute cette beauté m'aide à retrouver mon calme. Après tout, le Costa Rica est probablement rempli d'autres petits paradis comme la côte caraïbe et d'amis fantastiques comme Romario !

Plus nous approchons de San José, plus les conditions de la route s'améliorent. À l'approche de la capitale, papa nous dit :

— C'est génial ! On va être juste à temps pour notre bus vers le parc national Poas.

— Hum... papa ?

— Oui, Gaby?

— Je veux pas remettre en question tes qualités d'organisateur, mais pourquoi on s'arrête pas maintenant à San José pour visiter, tant qu'à repasser par ici?

— Bon, c'est vrai que mon itinéraire n'est peut-être pas très logique, mais où qu'on aille, on finit presque toujours par traverser cette ville. On finira par en faire le tour, ne t'inquiète pas!

— Je ne suis pas inquiète. C'est juste que, tout d'un coup, je me rappelle le jour où tu nous as fait faire un détour de deux heures en allant chez grand-maman, dans les Cantons-de-l'Est! Et j'avoue que je revis le même mal de cœur que ce jour-là...

— Ton mal de cœur s'appellerait pas Romario, par hasard? m'agace ma sœur, qui sait pourtant que ce très beau gars n'était qu'un ami.

—Ah! C'est ça! croit comprendre maman. Tu l'oublieras bien vite devant la majestuosité du volcan Poas.

Je pouffe de rire devant l'air soudainement profond de ma mère. Stéphanie, aussi tordue que moi, fait remarquer:

— C'est même pas un mot, « majestuosité ». On dit « majesté »…

Papa ne peut s'empêcher d'ajouter son
grain de sel :

— Et dire que c'est toi, chérie, qui se
charge de notre journal de bord !

Un organisateur sans sens de l'orienta-
tion et une rédactrice de chroniques de
voyage sans vocabulaire… Ce sera toute
une année ! Mais, au moins, je peux compter
sur eux pour me changer les idées !

❋

Ma mère avait raison. On devrait
inventer le mot « majestuosité » juste pour
décrire ce qui se trouve sous mes yeux…
Ça a valu la peine de reprendre un autre
bus, puis de dormir dans une petite auberge
très sympathique, mais où les matelas
étaient beaucoup trop minces et où il n'y
avait pas Internet (zut de zut !). Au petit
matin, ma famille et une famille d'Américains
ont suivi un guide tout au long du chemin
menant à un belvédère bordant le cratère
principal du volcan Poas. Je n'arrête plus de
prendre des photos. Le cratère est rempli

d'une eau turquoise et opaque d'où s'échappe un étrange gaz.

Notre guide nous explique en anglais que ce volcan est encore actif. Il nous parle aussi de la végétation qui l'entoure et d'une légende, qui dit qu'à une époque lointaine les prêtres lançaient, en offrande aux dieux, des jeunes filles dans le cratère… Quels charmants personnages ! Mais je dois avouer que j'écoute à moitié seulement. Après moins de deux semaines au Costa Rica, l'espagnol a définitivement effacé toute trace d'anglais dans ma tête. De plus, je suis trop concentrée sur ce paysage incomparable. Je sais déjà que les photographies ne seront pas à la hauteur. Ce n'est jamais la même chose, sur papier glacé ! C'est comme la photo que j'ai prise il y a quelques jours de Romario, Fabricio, Magdalena, Lily et Stéphanie. Elle est superbe, mais même la largeur des sourires ne permet pas de recréer notre bonheur à ce moment précis !

Nous marchons ensuite jusqu'à un autre cratère. Là aussi, un lac s'est formé, où l'eau est plus bleue que bleue ! Encore une fois, je n'écoute pas vraiment ce que raconte le guide. Je me contente de prendre des tonnes de photos. Nous en supprimerons probablement plus de la moitié, mais ça ne fait rien, je veux que chacune soit parfaite! Je me plais tant à capter chaque instant, chaque mimique de papa, chaque sourire de maman, chaque air émerveillé de Steph. Ce pourrait être un choix de carrière, photographe…

En arrivant à notre auberge, je regarde les photos prises durant la journée. Elles sont, en effet, magnifiques! J'aurais vraiment envie de les envoyer à mes amies. Je voudrais tellement leur raconter tout ce que je vis au jour le jour. Sans Internet, je me sens complètement coupée du monde et je déteste ça! Dans trois jours, nous nous rendrons dans une famille où papa a vécu quand il faisait de l'aide humanitaire. Je ne peux pas croire qu'il n'y aura aucune connexion Internet dans tout le village!

Pour penser à autre chose et pour faire plaisir à ma mère, je tire de mes bagages mon manuel de mathématiques. Il faut bien commencer à un moment donné!

Chapitre 6
La jungle des jungles

Salut, les filles !

Je profite d'un millième passage à San José pour vous écrire. Quand on dit que tous les chemins mènent à Rome, eh bien, ce n'est pas vrai : toutes les routes mènent en fait à San José ! J'étais vraiment triste de quitter la plage et surtout Romario (voir les photos plus bas, surtout pour toi, Marilou), mais c'est plaisant de poursuivre notre visite du Costa Rica. Nous avons vu le volcan Poas (voir les photos plus bas) et nous avons même fait de l'équitation dans le parc national où est situé ce volcan ! Demain matin très tôt, nous partirons pour un petit village dont j'oublie le nom. C'est au milieu de la jungle… Je vous en dirai un peu plus quand nous y serons !

***

Je pensais que je m'habituerais assez vite aux autobus bondés et aux routes bosselées, mais ce n'est pas le cas. Lorsque nous arrivons à destination sept heures plus tard, je suis verte comme la forêt qui nous entoure.

— Je me trompe ou le chauffeur nous a débarqués au milieu de nulle part, là ? demande Steph.

— C'est vrai, ça, chéri, il est où, ton village ? s'inquiète maman.

— Bon, bon, bon ! Je vois que la confiance règne toujours, dans cette famille ! dit calmement papa en pointant du menton le pick-up stationné de l'autre côté de la route.

Un homme en descend et mon père le rejoint d'un pas rapide, laissant son immense sac à nos pieds.

— José Luis ! s'exclame papa.

Ils se font l'accolade, puis ils se tournent vers nous. Mon père nous fait signe de venir les retrouver. Ma sœur et moi prenons chacune une bretelle du sac à dos de papa, en plus de nos propres bagages. Nous suivons maman qui se présente dans un espagnol maladroit à cet homme à la grosse moustache. Alors que je cherche à me rappeler la traduction de « moustache » en espagnol, José Luis me tend une main presque aussi grande que la forêt amazonienne. Papa nous explique que cet homme est le père de la famille qui l'avait hébergé lors de son séjour de trois mois au début des années 1990.

Nous embarquons tous dans son pick-up, maman à l'avant, papa, Stéphanie et moi dans la boîte derrière, avec les bagages. Qualifier la route de cahoteuse est bien faible. En fait, elle est remplie de cratères ! Nous risquons de passer par-dessus bord à tout moment, et pourtant, ma sœur et mon père semblent heureux comme des gamins. J'essaie de ne pas trop montrer mon malaise. Je ne veux pas passer pour la chialeuse de la famille une fois de plus !

Nous nous enfonçons de plus en plus dans la jungle. J'avoue que c'est assez impressionnant de voir toute cette nature ! Nous ralentissons pour laisser traverser un long serpent noir aux reflets bleutés. J'aperçois aussi quelques toucans. Ça n'a rien à voir avec les photos sur Internet !

Une quinzaine de minutes plus tard, nous arrivons au village. Je reste stupéfiée, les yeux ronds. Papa nous avait fait miroiter un paradis. Ce que j'ai devant les yeux ressemble plutôt à l'enfer! Les maisons sont minuscules, construites en bois ou en béton et surmontées de toits de tôle. José Luis nous indique le restaurant, une cabane qui ressemble plus à un garage! Les habitants du village nous regardent passer comme s'ils n'avaient jamais vu d'étrangers dans cet endroit. Je les comprends: qui d'autre que mon père aurait l'idée de s'enfoncer dans un tel trou perdu?

Notre chauffeur se gare à côté d'une maison de béton.

— *Bienvenue chez vous!* s'exclame-t-il.

— C'est génial, cet endroit! s'extasie Steph.

Génial? GÉNIAL? Mais où a-t-elle la tête? Devant mon air interrogateur, elle ajoute:

— J'ai l'impression qu'on va vivre une expérience super spéciale! On va être comme les gens d'ici, et non comme des touristes. Enfin!

Elle ne s'est pourtant jamais plainte d'être chouchoutée, dans nos jolis hôtels! Mais je garde mes commentaires pour moi, sinon elle me traitera encore de snob.

Une femme rondelette sort de la maison (si on peut appeler ça une maison...). Elle saute dans les bras de papa en pleurant de joie. Mon père nous la présente: c'est la maman de la famille, Andrea. Elle nous fait de grands signes avec un très large sourire. Nous la suivons à l'intérieur. Elle nous montre la cuisine, le petit salon meublé sobrement, mais moins pauvrement que j'aurais cru. Je suis étonnée de voir un téléviseur et une chaîne stéréo dans un coin de la pièce. Elle nous fait ensuite entrer dans une pièce: la petite chambre de trois lits, que nous partagerons à quatre. Je me demande où dormiront ceux qui couchent habituellement là... Je pose subtilement la question à papa, qui répond:

— Ils vont probablement tous prendre la même chambre et partager les lits. Certains iront peut-être dans le salon... C'est la chambre de Roberto, de sa femme et de ses enfants, si je ne me trompe pas. C'est étrange de penser que Roberto a des enfants. La dernière fois que je l'ai vu, il était lui-même un petit garçon…

Pendant que papa se perd dans ses souvenirs, je me rends compte des sacrifices que ces gens font pour nous recevoir. Je me sens un peu mal de tout critiquer ainsi… Même la colonie de fourmis rouges qui se promène sur le mur semble nous laisser un peu plus de place… À partir de maintenant, je me promets de faire plus attention. Comme dit Steph, c'est une expérience de vie unique !

Quoi ? Comment ? Pardon ? La toilette, c'est cette toute petite cabane branlante au fond du jardin, fermée par un rideau troué qui vole sûrement au vent ?! Et juste à côté, ne me dites pas qu'il s'agit de la douche, cachée par le même genre de bout de tissu ? Ils testent pas mal fort ma nouvelle résolution d'être plus positive, là…

Chapitre 7
Alligator, boa et compagnie

Nous prenons le temps de nous installer dans la chambre. Au moins, j'aurai un lit à moi, surmonté d'une longue moustiquaire accrochée au plafond et qui me couvrira durant mon sommeil, me protégeant contre je ne sais trop quel insecte au venin mortel. J'hésite. Est-ce que c'est romantique, ce petit *look* « lit de princesse » ou la seule présence de ce rideau devrait me donner la frousse de tout ce qui grouille autour ? Et si la bestiole restait prise de MON côté de la moustiquaire plutôt qu'à l'extérieur ?

— Toi qui aimes tant les histoires d'amooooour, tu dois trouver ça super romantique, non ? m'agace ma sœur, comme si elle avait lu dans mes pensées.

Je lui fais un petit sourire en coin, alors que quelqu'un frappe à la porte. Papa ouvre. C'est José Luis, accompagné d'un garçon de treize ou quatorze ans. Il est un peu plus grand que son père, mais pas beaucoup plus que moi. Je crois même qu'il est plus petit que Stéphanie.

— *Je vous présente le plus jeune de mes deux fils, Adrian. Il peut faire visiter les alentours aux filles, si vous voulez !*

— *Enchanté de te connaître, Adrian ! C'est une très bonne idée, José Luis ! N'est-ce pas, mes chéries ?*

J'aurais envie de dire : « Nous faire visiter les alentours ? Quels alentours ??? », mais je me retiens. D'ailleurs, ma sœur s'avance déjà vers la porte, probablement pour sortir une réplique semblable. Elle est très sociable de nature, mais ce n'est pas trop trop son fort d'aller traîner dans la jungle avec un « gamin de ton âge, Gab », comme elle dirait. Un gamin même pas beau, en plus ! On dirait qu'il louche, mais c'est peut-être juste parce qu'un de ses yeux est occupé à fixer son nez trop large !

— *C'est très gentil de nous proposer cette visite guidée, Adrian ! C'est une bonne idée, n'est-ce pas, Gab ?*

Et moi qui croyais bien la connaître ! À moins qu'elle ait déjà été piquée par une mouche qui rend encore plus sympathique…

Comme je n'ai pas vraiment le choix, je suis Steph et Adrian jusqu'à la sortie.

— *Alors vous venez du Canada?* demande le garçon, pour faire la conversation. Stéphanie ne trouve rien de mieux à répondre que :

— *Oui, c'est bien ça.*

Lorsque nous arrivons dans la rue, tous les gens du village nous observent.

— *Ils vont vous regarder comme ça un moment, c'est normal, vous êtes étrangères. Vous êtes les filles du Canada !*

Je sens une certaine fierté dans le ton d'Adrian. Il est content d'être vu en compagnie des « filles du Canada ». Ça m'agace drôlement qu'il se serve de nous comme ça ! Et il continue son tour guidé :

— *Après les gros orages, il y a souvent des alligators dans le fossé. Des crotales, aussi.*

— *Des quoi ?*

Adrian me fait seulement un petit clin d'œil et c'est Stéphanie qui répond en français :

— Des crotales, ou des serpents à sonnettes, si tu préfères !

— Je ne préfère ni l'un ni l'autre, en fait…

Adrian nous fait ainsi visiter tout le village. Il n'est constitué que de deux rues où s'alignent de toutes petites maisons. Nous sommes entourés de jungle, de jungle, encore de jungle, de champs de palme et de montagnes. Au loin, on aperçoit un petit mont qui, paraît-il, est bien plaisant à explorer. Mais ce sera pour une prochaine fois. Nous retournons sur nos pas, talonnant Adrian. Comme si on avait pu se perdre en suivant le seul et unique chemin !

Nous passons de nouveau devant la maison de José Luis et d'Andrea, mais nous poursuivons notre route jusqu'au restaurant.

— *Oh ! En passant, quand vous traversez notre cour, faites attention au bébé boa.*

Ils ONT un bébé boa ? Une petite bête domestique comme un chien ou un chat ? Adrian anticipe ma question et explique :

— *Il est très pratique pour manger les rats.*

Ils sont complètement dingues ! Entre le boa et les rats, il me semble que je m'attaquerais au reptile et non aux rongeurs ! À moins que ce soit un petit mensonge d'Adrian pour en mettre plein la vue aux « filles du Canada » ! Si c'est le cas, je ne trouve pas ça drôle du tout !

Nous entrons dans le restaurant. Évidemment, tout le monde cesse de parler en même temps. Tous nous fixent avec attention, sauf un homme, qui parle au téléphone. Adrian nous mentionne que c'est le téléphone du village. LE téléphone du village... Je peux tout de suite oublier Internet !

— *Je... ne me sens pas très bien. La journée a été longue, je vais aller m'étendre un peu.*

— Tu veux que je t'accompagne ? me demande ma sœur.

— Non, non, ce n'est pas nécessaire !

Je retourne dans « notre nouvelle maison », les larmes aux yeux. Ce n'est sûrement pas très prudent d'avoir les yeux embrouillés dans un lieu aussi dangereux, mais je n'y peux rien. Je déteste cet endroit, je déteste ces villageois qui me regardent tout le temps et je déteste Adrian, qui veut tant nous impressionner !

Je ne sais pas où sont mes parents, mais une chose est sûre, je suis contente qu'ils ne se trouvent pas dans notre chambre. Je peux être tranquille. Je m'allonge sur mon lit et m'endors très vite.

Quand je me réveille, j'entends des gens discuter au salon. Je me lève et suis les voix. Stéphanie, tout sourire, est assise avec deux petites filles d'environ quatre et six ans et elle leur enseigne des mots de français. Pourquoi tout semble si facile pour elle alors que tout est si difficile pour moi ?

Chapitre 8
Une rencontre de plus

« Allo, Laura !

« Aujourd'hui, j'avais vraiment envie de t'écrire, mais comme Internet ne se rend pas jusqu'ici, tu recevras ces mots par la poste... si cette lettre arrive avant moi ! Ha ha ha !

« Les jours passent et je m'habitue bien lentement à ma vie dans la jungle, malgré la gentillesse de José Luis et d'Andrea, nos hôtes.

« Au début, les gens du village nous regardaient étrangement. C'est encore le cas, mais je ne m'en fais plus vraiment avec ça. Plusieurs d'entre eux nous saluent maintenant de la main ! Par contre, je m'habitue un peu moins à l'imbécile de coq, qui n'a pas compris qu'il devrait seulement "cocoricoter" le matin ! Je n'apprécie pas spécialement les horribles coquerelles qui partagent notre chambre. Et que dire de la nourriture ? C'est si répétitif ! Pour le dîner, par exemple, je mettrais ma main au feu que madame Andrea mettra sur la table des haricots noirs avec du thon en conserve et du riz. Ce soir, je ne serais pas surprise de retrouver dans mon assiette du riz, du porc, de la banane plantain et des haricots noirs comme hier et avant-hier. Et demain matin ? Du riz ? Des haricots ? Non ! Du *pinto* ! Chouette, de la nouveauté ! Et de quoi est composé le *pinto* ? De riz et de haricots de la veille mélangés ! Crois-moi, à notre retour au Québec, je ne serai plus jamais difficile côté nourriture !

« Par contre, je commence à me faire à l'idée de traverser le jardin chaque fois que je veux aller au petit, très petit, je dirais même plus, très, très petit coin, même si j'aperçois parfois le "bébé" boa. Oui, oui. Ce n'est pas une blague : il y a bien un bébé boa dans le jardin ou plus souvent dans la toilette, pour demeurer à l'ombre ! Steph et moi l'avons surnommé Kiki, ce qui le rend plus sympathique. Toi qui trouvais que Marilou était folle de garder Greluche, son chat cinglé…

« Comme nos journées ne sont pas sur-chargées de mille activités planifiées par papa (qui aide un habitant à rénover sa maison qui tombait presque en ruines), j'ai passé quelques jours à prendre des cen-taines de photos. J'en ai des magnifiques ! Mais comme on fait vite le tour du village, je me suis un peu tannée. Maintenant, j'en profite pour m'avancer dans les différents travaux scolaires. La tête dans mon manuel d'histoire, je pense moins à vous, dont je m'ennuie tant, et à Romario, aussi. S'il était ici, je suis certaine qu'on rirait comme des fous ! Mais je devrais peut-être l'oublier, celui-là. Je ne pourrai pas lui écrire avant tellement longtemps qu'il ne se souviendra sûrement plus de moi…

« Ici, côté gars, il n'y a rien d'intéressant. Il n'y a qu'Adrian. C'est l'un des fils de la famille où on vit. Comme on est du même âge, nos parents pensaient qu'on serait de bons amis… Mais il nous prend, Steph et moi, pour les « petites riches du Canada qui ne connaissent rien à la vraie vie ». Lui qui est sorti de son village à peine une dizaine de fois ! Il m'éneeeerve !

« Parlant de Steph, je dois dire que nous ne nous voyons presque jamais, même si le village est minuscule. Tu connais ma sœur, elle s'est trouvé toutes sortes de missions, comme aider les femmes à cuisiner ou à traire les vaches. Elle est comme un poisson dans l'eau ! Je l'envie d'avoir autant de plaisir… »

Je laisse ma lettre de côté. Du banc de parc où je me suis installée pour écrire, j'aperçois Stéphanie au loin. Elle est suivie de sept enfants âgés de cinq à dix ans environ et d'un gars de notre âge que je n'avais jamais vu auparavant. La petite bande s'approche en répétant joyeusement et avec un fort accent les mots en français que ma sœur enseigne tout en pointant divers objets.

Elle s'avance vers moi, me montre du doigt et dit :

— Singe.

Tout le groupe répète, ce qui fait éclater de rire ma sœur.

— Ha, ha ! Très drôle, Steph.

Elle explique sa blague aux autres, qui rient à leur tour. Je prends un air faussement fâché. Au fond, je trouve ça un peu comique, moi aussi… Les enfants vont jouer un peu plus loin. Stéphanie s'assoit à côté de moi sur le banc. Le gars qui les accompagnait reste debout devant nous. Il est un peu plus grand que Steph. Il a un petit visage aux traits bien dessinés avec une mâchoire carrée. Mais c'est avant tout son regard qui frappe, un regard qui semble passer à travers moi comme un rayon laser. Il se présente alors, de sa voix un peu rauque :

— *Moi, c'est Antonio.*

Je me nomme à mon tour, d'un ton gêné. Je ne sais pas pourquoi, mais ce gars m'intimide beaucoup.

Puis la conversation démarre grâce à ma sœur bavarde. Contrairement à Adrian, Antonio n'essaie pas de nous impressionner avec ses connaissances. Il nous explique certaines coutumes de son village et il nous raconte ses dernières semaines passées au Panama, qui est en fait tout près d'ici. Mais il aime beaucoup nous entendre parler des tempêtes de neige québécoises. Nous essayons aussi de lui expliquer ce qu'est une poutine, mais c'est difficile à comprendre, quand on n'y a jamais goûté !

Tout à coup, Antonio aperçoit mon appareil photo (c'est celui de papa, en fait, mais je suis la seule à l'utiliser depuis le début du voyage...).

— *Je peux regarder ?* demande-t-il.

— *Bien sûr !*

Il fait le tour de toutes mes photos, en émettant des « Oh ! » et des « Wow ! » de temps à autre. Puis il me rend l'appareil et dit :

— *Tu as beaucoup de talent, Gabriella. Je connais un endroit qui va te plaire, je crois...*

Stéphanie et moi nous regardons. Elle hausse les épaules, comme pour dire « pourquoi pas ». En chemin, nous passons devant la maison que papa rénove. Entre deux coups de marteau, il nous salue de la main. L'homme avec lui crie :

— *Antonio, tu ne pourrais pas nous donner un coup de main ?*

— *Plus tard, promis, papa ! J'amène Gabriella et Stéphanie monter le Mirador,* répond notre nouvel ami.

Je m'attends à ce que mon père nous défende d'y aller, ou que le père d'Antonio l'oblige à se mettre au travail tout de suite, mais, à ma grande surprise, ils nous souhaitent une bonne promenade. En entendant où nous allions, une fille, que je crois être la sœur aînée d'Antonio, décide de nous accompagner.

Nous empruntons un sentier très étroit. La végétation qui nous encercle est à moitié fascinante et à moitié épeurante. Qui sait ce qui se cache derrière ces plantes et ces fleurs rouges que notre guide du jour appelle « lèvres de reine » ! À certains endroits, Antonio doit même ouvrir un chemin avec sa machette. J'espère qu'il sait où il va… Mais j'ai confiance en lui, même si je ne le connais pas beaucoup. Après tout, nos pères ne nous auraient pas laissés partir s'il y avait eu le moindre danger !

Nous montons dans la montagne durant ce qui me paraît des heures : pourtant, je ne me sens pas fatiguée. C'est sûrement à cause de cette nature magnifique. Quand on reste silencieux, on peut même apercevoir des toucans et des petits lézards !

Tout à coup, Antonio s'arrête devant un immense bosquet. Je ne comprends pas trop pourquoi il a cessé d'avancer. A-t-il vu une bête féroce que je n'aurais pas remarquée ? Il pousse quelques larges feuilles et il nous fait signe d'avancer. Sans nous en rendre compte, nous avons gravi toute la montagne. Le paysage est magnifique ! Devant nous, le village semble minuscule, ainsi entouré de champs et de la jungle qui s'étend à perte de vue. Et, plus loin, nous voyons l'océan Pacifique ! C'est encore plus beau que le volcan Poas. J'en ai les larmes aux yeux ! Stéphanie, placée à ma droite, passe un bras autour de mon épaule. Antonio est derrière moi. Il s'approche si près que je sens son souffle dans mes cheveux. Je ne sais pas si je frissonne à cause de la beauté du panorama ou de la proximité d'Antonio...

Chapitre 9
Photographie du futur

Au retour, Antonio nous parle de ses projets de déménager un jour à la capitale pour étudier. Il voudrait devenir médecin et travailler dans un hôpital de San José. Il aime beaucoup son village, mais il ne voit pas ce qu'il pourrait faire ici. Il devrait devenir éleveur ou agriculteur comme ses grands frères et ça ne l'intéresse pas vraiment. Il nous pose aussi toutes sortes de questions sur notre vie au Canada, sur nos rêves et nos espoirs. Ma sœur adorerait travailler à l'étranger, se déplacer constamment. Cela semble impressionner Antonio. J'essaie de l'épater à mon tour, mais, même en cherchant, je suis forcée d'avouer que je ne sais pas du tout de quoi sera fait mon futur.

— *Et pourquoi pas photographe ?* demande Antonio.

— *Peut-être...*

Je n'ose pas lui dire que j'y avais déjà songé. Après tout, je ne suis pas certaine d'avoir le talent qu'il faut.

— *Tes photos sont si magnifiques ! Tu as la vision d'une vraie artiste !*

— *C'est vrai, ça,* ajoute Stéphanie.

Leurs commentaires me font chaud au cœur. Tout en marchant, nous nous retrouvons devant la maison d'Antonio, où nos pères travaillent toujours.

— *Cette fois-ci, je ne pourrai pas m'en tirer...,* s'excuse notre ami avant d'aller rejoindre les menuisiers d'un jour.

— *À la prochaine !* salue ma sœur.

Je me contente d'un geste de la main qu'il nous retourne avec le plus beau sourire que j'aie vu de ma vie ! Je pensais que celui de Romario était inclassable, mais je me trompais !

J'ai un pincement au cœur en voyant Antonio s'éloigner vers sa demeure. J'aurais préféré qu'il passe le reste de la journée avec nous. Et demain aussi. Et après-demain tout autant. Et pourquoi pas après-après-demain...

Steph et moi continuons notre chemin jusqu'au restaurant pour boire un verre de jus. Nous nous assoyons près du bar. Il y a quelques personnes aux tables voisines, mais nous pouvons tout de même nous confier, puisque personne ne nous comprend !

— Et puis, Gab, comment tu le trouves, le beau Anto...

Stéphanie s'arrête pour s'assurer que les autres clients ne savent pas de qui on parle. Nous sommes au village depuis quelques jours seulement, mais nous avons déjà remarqué à quel point le commérage est chose courante... Je propose alors :

— Appelons-le Antoine...

— Parfait. Alors comment trouves-tu le bel Antoine ?

— *Cool*. Vraiment *cool*.

Je prends mon air le plus relax pour lui répondre. Je ne veux pas qu'elle sache qu'en fait, juste de parler de lui me donne des papillons dans le ventre. J'ai très peur que cela crée un froid entre ma sœur et moi. J'ai bien senti qu'il lui plaît aussi ! Et, même si j'ai un pincement au cœur en y pensant, je dois me rendre à l'évidence : ça a cliqué entre eux deux, c'est évident ! Un trop long silence s'installe entre nous. Pour une fois, je suis particulièrement heureuse de voir apparaître Adrian, mais cette joie est de courte durée ! Il s'assoit à notre table comme si nous l'avions chaleureusement invité. Ce n'est pas le cas, évidemment ! Il glisse alors sa chaise entre nous deux, puis il passe son bras droit derrière mes épaules, et le gauche derrière celles de Stéphanie.

— *Alors, cette promenade avec Antonio, c'était bien ?* s'enquiert-il.

— *Génial,* répond Steph machinalement.

La froideur de cette dernière ne semble pas intimider Adrian, ni même lui faire rebrousser chemin.

— *Les filles, la prochaine fois que vous aurez besoin d'un guide pour visiter les environs, pas besoin de demander à un coureur de jupons : faites-moi plutôt signe, ce sera moins risqué !*

— *Mais qu'est-ce que tu racontes ?*

Aussitôt que la question franchit mes lèvres, je m'en veux de l'avoir posée. Tout ce qu'il voulait, au fond, c'était piquer notre curiosité. Fier d'avoir semé un petit doute dans nos esprits, il se contente de sourire mystérieusement, tout en se levant de sa chaise. Ma sœur et moi le regardons se rendre au bar pour commander trois *tamarindos*, une boisson locale. Juste avant qu'il ne revienne, je chuchote, même si c'est en français :

— Tu crois que, si on fait comme s'il n'était pas là, il va s'en aller ?

— Je crois que ça en prend plus pour chasser ce genre de parasite. En plus, je suis un peu mal de faire ce genre de choses... Après tout, on vit chez lui..., rétorque Steph.

Décidément, ma sœur est seulement capable d'être méchante avec moi !

Adrian nous rejoint, dépose les verres sur la table. Il se rassoit sans avoir quitté son petit air énigmatique. C'est alors que José Luis apparaît. Il interpelle son fils. Je ne comprends pas trop ce qu'ils se disent, ou plutôt ce qu'ils se crient d'un côté à l'autre du resto, mais cela m'importe peu. L'important, c'est que notre sangsue coure retrouver son papa.

En soupirant, je m'exclame :

— Ouf ! Je ne peux vraiment pas le sentir, celui-là !

— Pas comme Antonio, hein ?

Ah zut ! Voilà qu'elle remet sur le tapis le sujet que je voulais éviter. Pour cacher mon malaise, j'avale une longue rasade de mon étrange jus.

— Tu crois que c'est vraiment un coureur de jupons ? demande Stéphanie.

— Je sais pas si on peut vraiment croire Adrian à propos de ce sujet-là. Ou à propos de n'importe quel autre sujet, d'ailleurs ! Mais fais quand même attention, on sait jamais...

— Voyons, Gab, pourquoi tu me dis de faire attention ?

— Bien... si jamais il se passe quelque chose entre vous deux...

— Jamais de la vie ! C'est clair que c'est à toi qu'il est intéressé, ma très chère Gabrielle ! Tu n'as pas remarqué comment il te regardait, quand on était en haut de la montagne ? C'était clairement pas le paysage qui faisait briller ses yeux à ce point-là !

Je me sens rougir d'un seul coup, comme si je m'étais enflammée. Je ne sais pas trop quoi répondre, alors je prends une autre longue gorgée avec laquelle je m'étouffe. Bref, j'ai l'air follement intelligente! Heureusement qu'Antonio n'est pas dans les parages...

Chapitre 10
Soirée magique

Le lendemain matin, je me réveille tard. Maman et Stéphanie sont parties je ne sais trop où, tandis que papa lace ses chaussures, prêt à retourner aider le père d'Antonio. Je me relève et m'adosse au mur, à la tête de mon lit. En m'entendant, mon père se retourne.

— Bonjour, ma petite marmotte !

— Allo.

— Tu as des plans pour la journée ?

— Pas vraiment.

— Tu pourrais toujours faire quelque chose avec Adrian…

— Peut-être.

En moi-même, je pense plutôt « sûrement pas ! », mais je crois que ça ferait de la peine à papa s'il savait à quel point on déteste le fils de SA famille costaricienne !

— Tu devrais voir ta sœur, elle est en train de rendre bilingues tous les enfants du village !

Bon, je comprends le message : « Ta sœur s'implique, fait le bien autour d'elle, bla-bla-bla, elle est parfaite ; toi, tu dors tout l'avant-midi, tu traînes et tu boudes le reste de la journée ! » Je vais lui montrer que je peux être une bonne Samaritaine, moi aussi !

— Tu crois que je pourrais aller t'aider à rénover la maison de monsieur…

Je me rends alors compte que je ne connais pas le nom de la famille d'Antonio.

— Monsieur Palma ? Pourquoi pas ! Mais tu sais, tu peux l'appeler Camacho. Ici, ce n'est pas impoli d'utiliser le prénom, même pour les gens plus âgés.

Je m'habille en vitesse pour ne pas lui faire perdre de temps. À la cuisine, Andrea m'attend avec une assiette pleine de riz et de fèves. Juste d'y penser, j'ai le cœur au bord des lèvres. Je lui souris d'un air désolé, lui fais signe que je n'ai pas très faim. Elle me tend alors un fruit en disant d'un ton autoritaire :

— *Tu ne vas quand même pas partir le ventre vide !*

Le *pinto* me barbouille chaque fois l'estomac, mais les fruits, par contre, sont mille fois plus savoureux ici qu'au Québec!

À la maison des Palma, je suis un peu déçue de ne voir que Camacho, le marteau à la main. Mais je garde espoir qu'Antonio finira par se montrer le bout du nez...

Quelques heures plus tard, j'ai appris à fabriquer du béton, j'ai cogné au moins mille clous, j'ai scié des tonnes de planches, mais je n'ai pas aperçu le moindre petit bout d'orteil du bel Antonio. Qui a certainement de jolis orteils. Ça y est, le soleil commence à me faire délirer! C'est peut-être aussi pour ça que j'imagine une voix derrière moi qui m'interpelle:

— *Gabriella! Ça te va bien, un marteau!*

Un large sourire éclaire mon visage. Je me retourne d'un bloc et je fige. Alors que je m'attendais à poser les yeux sur le bel Antonio, voilà que je me retrouve une fois de plus (une fois de trop) devant Adrian! Cette fois-ci, je l'ignore et je continue à taper sur mon clou avec un peu plus d'ardeur.

Mon père, qui se rend bien compte de mon air soudain renfrogné, me demande:

— Il y a quelque chose qui va pas? Préférerais-tu aller faire une activité avec lui?

Je hausse les épaules, me mordant les lèvres pour ne pas répondre: « Surtout pas! »

— Non, non, papa. Je vais finir ce que j'ai commencé.

Je regrette amèrement cette phrase environ un quart d'heure plus tard alors qu'Antonio, le vrai cette fois-ci, apparaît à l'endroit même où se trouvait mon meilleur ennemi avant lui. Après ce que j'ai dit à papa, je ne peux tout de même pas accepter son invitation à aller me baigner à la rivière avec lui et sa sœur! J'imagine bien par contre que Stéphanie, elle, ne se gênera pas pour y aller! Et qui sait si, à ce moment-là, il ne changera pas d'idée et ne la trouvera pas plus intéressante que moi? Et Steph, de son côté, ne m'a jamais nié qu'elle le trouvait bien de son goût...

Pendant que je jongle avec toutes ces idées paranoïaques, Antonio, lui, attrape une scie qui traîne au pied d'un arbre, puis il nous accompagne dans notre ouvrage sans ajouter un mot. Qu'est-ce que je devrais en déduire? Qu'il préfère accomplir des boulots aussi éreintants qu'ennuyants au lieu d'aller patauger dans l'eau pour rester avec moi ? C'est le soleil une fois de plus qui me fait m'imaginer ce genre de choses ? La suite me prouve que non...

✱

Avec une équipe de castors bricoleurs aussi efficace, nous achevons toutes les rénovations prévues. Pour nous remercier, Camacho invite toute ma famille à partager un bon repas. Pour l'occasion, Dellanira prépare des *chicharones*, des morceaux de peau de porc frits que l'on mange en arrosant de jus de lime. C'est succulent ! Mais il ne faut pas trop penser à ce petit cochon qui se promenait dans une cour voisine ce matin même...

Après le souper, Steph, Antonio et moi partons nous promener. Nous nous arrêtons au parc un instant, où, ÉVIDEMMENT, Adrian nous rejoint.

— Bon, la sangsue qui arrive ! s'exclame Stéphanie.

Antonio la regarde d'un air interrogateur, mais nous n'avons pas le temps de traduire. Déjà, le long visage d'Adrian se pointe devant nous. Stéphanie me donne une légère tape complice sur le genou. Elle se lève et déclare d'un ton qui prouve qu'elle n'a jamais suivi de cours de théâtre :

— *J'ai mal à la tête, je vais rentrer. Adrian, tu me reconduis ?*

— *Tu as peur de te perdre ?* ricane-t-il.

— *Non, mais je pourrais… me faire dévorer par un alligator. Ou un crotale.*

Étrangement, son plan boiteux fonctionne. Adrian la suit. J'adore ma sœur, en ce moment !

Durant les heures qui suivent, Antonio et moi parlons de tout et de rien. Je réponds à ses nombreuses questions, il répond aux miennes. Plus j'en sais sur la culture costaricienne, plus je l'apprécie. Antonio m'apprend aussi à rêver et à faire des projets, choses que je n'avais jamais vraiment faites avant. Je me contentais de vivre au jour le jour, d'aller à l'école et de sortir avec mes amies. Pour lui, les choses sont différentes. S'il veut un jour être un peu plus riche, il doit commencer à préparer son futur. J'avoue que j'aime bien, moi aussi, penser à quand je serai plus vieille. J'adore m'imaginer couvrant des événements artistiques de toutes sortes avec un super appareil à la main. Je pourrais aller voir tous les spectacles…

— *Et tu pourrais parcourir la terre entière pour prendre des photos !* m'encourage Antonio en prenant soudain ma main.

Mon sang fait alors trois tours. Je crois même que j'ai arrêté de respirer durant… une éternité, probablement. En silence, je lève les yeux au ciel. Rien de mieux qu'une nappe étoilée pour se sentir minuscule, mais si bien ! Je reprends peu à peu le souffle qui me manquait, et mes esprits par la même occasion.

Comme si c'était tout naturel, je pose ma tête sur son épaule et il place son bras autour de moi. Tous les papillons costariciens virevoltent dans mon ventre. Je ne me suis jamais sentie ainsi. Cela n'a rien à voir avec les heures passées avec Romario ! D'ailleurs, je ne pourrais absolument pas danser le merengue, en ce moment. Mes genoux claqueraient beaucoup trop ! Ça aurait plutôt l'air d'une gigue québécoise peu gracieuse…

Je dois rassembler tous mes efforts pour dire :

— *Je devrais rentrer, avant que mes parents arrivent. Ils seraient inquiets de voir que je ne suis pas avec ma sœur.*

— *Bien sûr. Je t'accompagne jusque-là ?*

— *J'aimerais bien…*

Main dans la main, nous nous rendons jusqu'à cette petite maison où je me sens de plus en plus chez moi.

À mon arrivée, la famille est dans le salon à écouter de stupides *telenovelas*[2]. Toutes les paires d'yeux se tournent vers moi d'un seul coup. Je ne m'attarde pas et cours plutôt jusqu'à la chambre que je partage avec mes parents et ma sœur. Je suis très très heureuse de me rendre compte que celle-ci s'y trouve, à demi cachée sous sa moustiquaire, un livre à la main.

— Tu me racontes TOUT ! s'écrie-t-elle lorsque je franchis la porte.

— Y a pas grand-chose à raconter… Mais dis-moi, toi qui s'y connais tant en culture *tica*[3], un gars qui nous prend la main, par ici, c'est bon signe ou pas ?

[2] Téléromans.
[3] Autre façon de dire « du Costa Rica ».

— Ooooh! Vous vous êtes tenus par la main! Que c'est chou! se moque-t-elle gentiment.

J'aurais aimé lui raconter chaque détail, j'aurais voulu qu'elle me traduise chaque mot que je ne suis pas certaine de bien avoir saisi, mais c'est ce moment que mes parents choisissent pour entrer. Tant pis, je devrai revivre cet instant dans mes pensées et faire de très, très beaux rêves!

Chapitre 11
La riviera

Le lendemain matin, je me lève avant tout le reste de ma famille, espérant aller retrouver Antonio. Je ne parviens cependant pas à m'enfuir sans que ma mère m'arrête d'un :

— Jeune fille, il me semble que tu n'as pas mis le nez dans tes travaux scolaires depuis quelques jours…

En manque d'arguments, j'attrape un livre au hasard, celui de français. Je lui fais un grand sourire de fille sage. En fait, je n'ai pas du tout l'intention de mettre le nez dans un manuel !

Je sors ensuite de la chambre et je passe à côté du petit salon. Adrian est toujours collé au sofa, un peu comme s'il ne s'était pas levé depuis la veille. Il ne me remarque pas et j'en suis bien contente ! Même chose pour Andrea, qui a le nez dans ses chaudrons, comme c'est le cas quatre-vingt-dix-neuf pour cent du temps. Au moins, je n'aurai pas à trouver d'excuses pour sauter le petit déjeuner. Mon estomac gargouille un peu, mais je ne mourrai certainement pas de faim, avec tous les arbres fruitiers qui m'attendent à l'extérieur !

Je marche ensuite en direction de la maison du bel Antonio. Mon cœur bat plus fort chaque fois que mon pied se pose sur la terre battue. Soudain, je sens une présence derrière moi. En me retournant, je tombe nez à nez avec trois enfants du village. Je les ai vus quelques fois avec ma sœur. Ils me suivent en ricanant tout en pointant la maison d'Antonio. Je ne comprends pas ce qu'ils disent, parce qu'ils jacassent tous en même temps. Je veux bien rester patiente et gentille, mais ils commencent à m'énerver ! Puis, je comprends tout en voyant apparaître Adrian derrière eux. Il fait semblant de parler aux enfants, mais je sais bien qu'au fond c'est à moi qu'il s'adresse en disant :

— *Elle va rejoindre son aaaamoureux !*

Jamais je ne penserais frapper un enfant. Par contre, je n'hésiterais pas longtemps avant de donner une claque sur la petite joue bronzée d'Adrian. « Respire, Gab, respire. » Je poursuis mon chemin en inspirant et expirant profondément, toujours suivie par la foule de petits monstres. Plus j'approche de chez Antonio, plus je me demande comment je pourrai me débarrasser d'eux. Je n'ai aucune envie que l'homme de mes rêves entende les cris des enfants, et encore moins les conneries d'Adrian ! Alors que mon cerveau cherche à élaborer un plan, j'entends une voix salvatrice derrière moi, qui dit, avec un gros accent francophone :

— *Les amis, voulez-vous que je vous apprenne à dire les couleurs en français ?*

— *Ouiiiii !* répondent les bouts de chou.

— *Et voulez-vous qu'Adrian vienne avec nous ?* demande ma sœur.

— *Ouiiiii !* clament de nouveau en chœur les gamins.

Je me retourne, un grand sourire aux lèvres. Stéphanie me fait subtilement signe de partir très vite. Je lui en dois une, et même deux…

Quand j'arrive près de chez Antonio, je l'aperçois juste à côté de la maison, en train de traire la vache. Même en remplissant cette tâche peu gracieuse, il a l'air d'un vrai dieu ! Il sursaute en m'entendant approcher.

— *Tu m'as fait peur, Gabriella ! Mais ça tombe bien que tu sois là, j'ai presque fini et j'aurais quelque chose à te proposer… As-tu envie de venir à la rivière avec moi ?*

Aller à la rivière, seule avec lui… c'est peut-être un peu risqué. Et si mon ennemi disait vrai et qu'Antonio n'est pas tout à fait honnête, je ne devrais peut-être pas trop m'éloigner du village… Mais je ne vais pas commencer à croire les ragots d'Adrian ! Ce serait entrer dans son petit jeu. Et ça, il n'en est pas question ! Antonio ne ferait pas de mal à une mouche. Je ne vais quand même pas m'empêcher de vivre l'un des moments les plus romantiques de ma vie à cause des mensonges d'un imbécile jaloux !

— *C'est une super idée, Antonio ! Je vais chercher mon costume de bain et je reviens tout de suite.*

— *Parfait !*

✱✱✱

J'ai réussi à filer en douce sans qu'Adrian, ses parents ou mes parents me remarquent. Seule Steph me voit lorsque je passe près du parc. Elle me rejoint et me rassure simplement, lorsque je lui dévoile nos plans pour la journée :

— T'en fais pas, je vais te couvrir si les parents posent des questions. Mais fais pas de conneries, hein !

— Promis !

Nous partons rapidement, Antonio et moi. Le chemin jusqu'à la rivière ressemble au sentier qui grimpe jusqu'au sommet du Mirador. Et tout le long, je me demande si je ne suis pas en train de faire une gaffe. Je ne connais pas très bien ce garçon, après tout... Une fois à destination, par contre, j'oublie même la signification des mots « danger » et « imprudence ». Cet endroit, c'est le paradis, rien de moins. Une haute cascade dégringole dans la rivière. Une petite plage borde celle-ci et des branches d'arbres descendent jusque dans l'eau. On n'entend que les clapotis et le chant des oiseaux. Je me rends alors compte que je n'ai pas pensé apporter mon appareil photo.

Ce n'est pas si grave, j'aurai sûrement l'occasion de revenir !

Adrian passe son bras autour de ma taille. Nous restons ainsi sans bouger, jusqu'à ce que des voix provenant de l'autre rive attirent notre attention.

— *Ah ! C'est Hanna et Roxana ! Je les avais vues partir ce matin, mais je ne savais pas qu'elles venaient ici !*

Le ton d'Antonio se veut enjoué, mais je sens qu'il est un peu déçu de voir ses deux sœurs. Je dois avouer que, de mon côté, je suis un peu soulagée... Elles nous saluent de la main, mais elles oublient vite notre présence, comme nous oublions la leur. Antonio retire son t-shirt, puis il me sourit d'un air coquin avant de plonger à l'eau, m'aspergeant abondamment. Mon chandail est complètement trempé. Je prends donc seulement soin d'enlever mon short. Je ne sais trop pourquoi, je serais un peu mal à l'aise d'être en bikini devant Antonio-le-parfait. Pourtant, cela ne m'avait pas du tout dérangée avec Romario-le-tout-aussi-parfait... Après tout, celui-ci n'était qu'un ami. Je sentais donc moins son regard me juger à chaque instant.

Pendant que toute cette réflexion fait son chemin dans mon esprit, Antonio a eu le temps de nager jusqu'à la cascade. Je plonge à mon tour dans l'eau qui est plus chaude que ce à quoi je m'attendais. Ça n'a rien à voir avec le lac glacé, même en pleine canicule, bordant notre chalet !

Je rejoins rapidement Antonio. Il est dos à moi et le bruit de la chute masque les clapotis que je produis en nageant. Je me prépare à lui faire faire le plus gros saut de toute sa vie. Lentement, je m'approche le plus près possible sans qu'il me remarque. Alors que je me trouve à quelques petits centimètres, il se retourne. Je sursaute d'abord autant que lui, puis nous figeons tous les deux. Nous sommes presque collés l'un à l'autre. Je pense à une seule chose : je l'embrasse ou pas ? Ce n'est pas l'envie qui manque, mais ma gêne m'empêche de faire le moindre geste… Combien de temps resterons-nous plantés ainsi ?

Chapitre 12
La raison a parlé

« […] Je sais très bien que toi, ma chère Marilou, tu aurais profité de cette occasion plus que parfaite pour l'embrasser, mais je ne suis pas comme toi. Je n'ai aucune difficulté à imaginer l'air découragé que tu dois avoir en lisant ces lignes !

« Le reste de l'avant-midi a été tout à fait GÉNIAL ! Nous sommes restés près de la chute longtemps, à regarder les oiseaux tropicaux tout autour. Parfois, Antonio se plaçait derrière moi pour me pointer une bête à plumes avec plus de précision. Son bras frôlait alors mon épaule. Les sœurs d'Antonio faisaient comme si elles ne remarquaient rien.

« Puis, l'image des alligators que nous apercevons parfois au village m'est revenue en mémoire. J'ai demandé à mon ami (ou mon chum, c'est encore dur à dire) s'il pouvait y avoir des crocodiles dans cette rivière. Il m'a répondu qu'ils en avaient déjà vu, mais que c'était l'année dernière… Tout à coup, l'endroit me semblait moins féérique ! Je suis sortie aussitôt. J'entendais Antonio rire dans mon dos. Est-ce que c'était une blague ? Je préférais ne pas prendre de risque. Il est quand même venu avec moi sur le rivage, et a dit, toujours en rigolant : "T'en fais pas, je vais te protéger !" Si tu savais le frisson qui m'a traversée à cet instant ! J'ai cru mourir ! Encore une fois, nous sommes restés immobiles pendant quelques secondes. Il s'est approché lentement. "Ça y est, il va m'embrasser", que je me suis dit. Et… non ! Sa sœur est arrivée de nulle part pour nous demander si nous avions faim !

« Nous sommes retournés au village avec ses deux sœurs et on a mangé ensemble au restaurant, d'où je t'écris en ce moment. Je crois qu'on ne s'embrassera jamais… Dans un sens, ça me rend triste, mais d'un autre côté, c'est sûrement mieux comme ça. J'ai eu beaucoup de peine de quitter Romario quand nous sommes parties de la plage et il ne se passait absolument rien entre nous, alors imagine ce que ce sera de laisser l'homme de mes rêves ! »

— Gabrielle ?

Je lève la tête de ma feuille, le crayon au-dessus du papier, prête à poursuivre ma lettre. Mon père pousse une chaise de son chemin et marche jusqu'à moi. Il a son air de « je ne sais pas comment dire ce que j'ai à dire », cet air qui n'annonce rien de bien bon !

— Gab, où est-ce que tu étais, cet avant-midi ?

— Hum... Je suis allée me promener avec Antonio.

Et j'ai rapidement enchaîné :

— Et ses sœurs !

— Tu n'as pas pensé nous avertir avant de partir ?

— Steph le savait...

— Ah oui ? C'est bizarre, ça, parce que, quand je lui ai posé la question, elle n'a pas pu me répondre !

— Je n'étais pas partie à l'autre bout du continent, papa, juste à la rivière !

— Avec un gars que tu connais à peine !

Je dois avouer que, dit de cette manière, ça semblait un peu inconscient de ma part. Mais je refuse de lui montrer qu'il a raison ! C'est pourquoi je m'exclame :

— Quand on a monté le Mirador, je le connaissais encore moins, et ça semblait te faire un grand plaisir !

— Tu étais avec ta sœur, c'était pas pareil...

— Je suis supposée faire quoi, ici, moi ? Veux-tu bien me le dire ?

Quelques clients du restaurant se retournent en m'entendant lever le ton. Je baisse donc la voix pour ajouter :

— Et maintenant, qu'est-ce qui va arriver ? Tu vas m'attacher à un arbre avec une espèce de laisse ? Ce serait bien, tu saurais toujours où je suis ! Et Andrea pourrait venir me porter des bols de fèves une fois de temps en temps, et Adrian viendrait se moquer de moi toutes les deux minutes. Ce serait un bel apprentissage, ça, non ? Oh ! Et j'imagine que tu enchaînerais aussi Antonio, mais à l'autre bout du village, pour être sûr qu'il ne m'entraîne plus dans ses projets diaboliques.

Je lui tends mes deux mains, comme si j'étais prête à ce qu'il me menotte, et demande :

— C'est ce que tu veux ?

— Gab, tu es ridicule ! Arrête tout de suite. Tout ce que je te demande, maintenant, c'est de nous avertir quand tu sors du village… ou plutôt, non, tiens, tu ne sors plus du village sans ta mère ou moi. Et tu ne restes plus jamais seule avec Antonio.

J'aimerais lui répéter que nous n'étions pas seuls à la rivière, que ses sœurs étaient tout près, mais il ne m'en donne pas l'occasion. Il se dirige rapidement au bar, d'où je l'entends commander une bière et rire jaune avec un vieux du village.

Après tant d'effort et tant de temps, j'avais enfin trouvé ma place dans cette fichue jungle. Maintenant, tout est foutu ! Durant la conversation, mon crayon est resté au-dessus de la lettre pour Marilou. Je devrais peut-être poursuivre l'écriture de celle-ci, lui raconter à quel point je suis en colère. Peut-être que ça me défoulerait… mais je n'en ai pas le cœur. J'ai envie d'aller me terrer dans un petit coin, là où personne ne me dérangera. Mais dans ce village perdu, ça n'existe pas !

Chapitre 13
Un nouveau boulot

J'ai boudé durant quelques jours. Je ne voulais parler à personne, sauf à Stéphanie. Et je n'avais pas de très grandes discussions avec elle non plus ! Pour être tranquille, j'ai commencé à écouter des *telenovelas* avec la belle-sœur d'Adrian, la femme de Roberto. Ces téléromans m'ont d'abord paru vraiment stupides, mais en peu de temps, j'y ai pris goût ! Après un épisode, je voulais savoir ce qui arriverait au bébé de Consuelo, atteint d'une maladie rare, et si Luna réussirait à empoisonner Juan Pablo. Après trois épisodes, je n'ai eu la réponse à aucune de ces questions, mais bien d'autres interrogations se sont ajoutées ! Au fond, ce n'est pas beaucoup plus idiot que certaines séries américaines ou québécoises que je regardais chez moi !

Malgré tout, ce matin, je sens que j'ai besoin d'un peu d'air. Je sors de la maison et mes pas me mènent jusqu'au restaurant.

J'ai vu Adrian partir vers le parc, alors je sais que je ne le croiserai pas au resto. Par contre, j'aurais bien aimé que Stéphanie y soit, ce qui n'est pas non plus le cas. En fait, l'endroit est presque vide. Je m'assois tout de même au long comptoir et je commande un jus de fruits. Le propriétaire du bar, à qui je n'ai jamais vraiment parlé, engage la conversation :

— *Alors, tu te plais, ici ?*

Je lui réponds, par pure politesse :

— *Ça va...*

— *Tu préférerais être ailleurs, non ? Chez toi ? Ou avec quelqu'un d'autre... comme Antonio ?*

Eh bien, les nouvelles vont vite ! Je ne sais pas trop s'il s'attend à une répartie de ma part. Je crois qu'il voulait simplement m'agacer. Mais je sens bien que ce n'était pas fait méchamment. Je ne peux m'empêcher de lui faire un petit sourire en coin, qui le fait éclater de rire.

— *Est-ce que tu pourrais me rendre un petit service ? Je dois aller chercher quelque chose en arrière. Ça te dirait de t'occuper de la caisse un moment ?*

— *Mais… si je ne comprends pas ce que les gens veulent ? Et je ne sais pas où sont toutes les choses !*

— *Ton espagnol est meilleur de jour en jour. Le vieux Augusto sait écouter, tu sais ! Ce n'est que pour cinq minutes, de toute façon. Tu te débrouilleras très bien.*

Il me montre rapidement comment fonctionne la caisse, puis il disparaît. Vu ma chance légendaire, j'aurais dû m'en douter : dans les secondes qui suivent, quatre clients arrivent en même temps. L'un d'eux s'exclame, assez lentement pour que je puisse comprendre :

— *Tiens, une nouvelle serveuse !*

Puis il ajoute :

— *Je vais prendre une bière, s'il te plaît !*

Je trouve très vite de quoi combler la soif des quatre nouveaux venus. Je m'amuse comme une folle derrière le comptoir. Et je suis beaucoup plus habile pour compter l'argent et servir les clients que je l'aurais cru ! Tiens, en revenant à la maison, je pourrais peut-être travailler dans un restaurant pour me faire des sous… Ha, ha ! J'oubliais qu'au Québec, les filles de douze ans ne travaillent pas dans les restos. Encore moins quand c'est pour servir de l'alcool ! Mais ici, tout le monde s'en fout.

Je ne vois pas le temps passer et je suis presque surprise de voir Augusto revenir une heure plus tard. Voilà une autre chose différente du Québec : ici, les minutes durent parfois des heures ! Il ne m'explique pas les raisons de son retard et ne me demande pas non plus de retourner de l'autre côté du comptoir, avec les clients. Il me montre plutôt où sont rangées toutes les choses et comment cuisiner certains plats typiques (meilleurs que ceux d'Andrea). Je reste finalement là toute la journée.

Juste avant que je parte, Augusto demande :

— *Tu reviens demain, Gabriella ?*

— *Avec plaisir !*

Lorsque je raconte ma journée à mes parents, ils sont bien contents que j'aie trouvé ma place. Après tout, nous restons encore une autre semaine ici et ils n'auraient pas voulu me voir collée aux *tele-novelas* si longtemps. Je suis un peu d'accord avec eux : j'ai bien l'impression qu'à long terme, ça doit rendre un peu dingue. Mais je ne saurai jamais ce qui arrivera au bébé de Consuelo...

∗✳∗

Le lendemain, j'ai trouvé un autre avantage à travailler bénévolement au restaurant. Un TRÈS GROS avantage. Quelques minutes après mon arrivée, qui passe la porte ? Eh oui ! Antonio lui-même ! Personne ne peut l'empêcher de venir ici, c'est un endroit public, tout de même ! Il est encore plus beau que la dernière fois que je l'ai vu (j'ai l'impression que cette dernière fois remonte à mille ans, d'ailleurs). C'est peut-être à cause de cette petite lumière de surprise qui apparaît dans ses yeux en m'apercevant... Il se ressaisit et demande :

— *Mademoiselle, pourrais-je avoir une boisson gazeuse ?*

— *Avec plaisir !*

Il sirote si longtemps sa boisson qu'une fois la bouteille à moitié vide, il ne doit plus y rester une seule bulle... Nous papotons sans trop nous soucier des autres clients. Cela semble divertir Augusto de nous voir ainsi parler comme des pies. J'explique à l'homme de mes rêves pourquoi je n'ai pas pu le voir ces derniers jours. Évidemment, il le savait déjà, étant donné la vitesse à laquelle les nouvelles circulent ici ! Il me dit qu'il comprend la réaction de mon père.

— *Après tout, vous êtes en terrain inconnu, ici. Vous ne connaissez pas tous les dangers, ta sœur et toi. Et des parents, de toute façon, ça s'inquiète tout le temps !*

Il trouvera donc toujours les bons mots pour me rassurer et m'éblouir, celui-là ! Il avance doucement sa main et la pose sur la mienne. Je suis soudain complètement figée. Mon cœur bat si fort que je le sens dans mon gros orteil. Papa aimerait peut-être que j'oublie l'existence de ce gars-là, mais c'est IMPOSSIBLE, et ce n'est pas seulement à cause de la petitesse du village. Je sais à l'instant que son image et sa voix seront à jamais quelque part dans ma tête et dans mon cœur. Et toujours je me souviendrai de la chaleur de sa main sur la mienne.

Chapitre 14
Soirée magique II

« Excuse-moi, Marilou, de ne pas avoir continué à t'écrire plus tôt. De toute façon, je me suis rendu compte que la poste était teeeellement lente ici que j'aurai le temps de vous écrire mille courriels avant que tu reçoives cette lettre-ci.

« Imagine-toi donc que je me suis trouvé un boulot ! Je travaille au restaurant du village depuis deux jours, là où je peux boire et manger gratuitement et… où je peux voir Antonio sans que mes parents se fâchent ! Ce n'est pas aussi romantique qu'à la rivière, mais Augusto, le propriétaire du resto, nous laisse toujours tranquilles. Il est vraiment gentil et je crois qu'il nous aime bien.

« Et encore plus génial : le resto n'est pas le seul endroit où je réussis à être avec Antonio. Tous les soirs, les jeunes du coin se réunissent au parc. Comme ma sœur les rejoint depuis un certain temps, mes parents n'ont pas eu le choix de me donner la permission à moi aussi! Là encore, les autres nous laissent tranquilles… sauf Adrian, évidemment!

« Mais hier, Adrian était parti avec son oncle ou son grand-père, je ne sais plus trop où (en fait, je m'en fous COMPLÈTEMENT!). Comme d'habitude, après le souper, Steph et moi sommes allées nous asseoir sur un banc du parc. Les autres ont commencé à arriver un à un. Un gars avait même apporté sa minichaîne stéréo et il faisait jouer un groupe latino que je ne connaissais pas. J'ai vite reconnu les rythmes du merengue. J'avais tellement envie de danser! Mes pieds ont commencé à bouger tout seuls. Un gars est venu m'inviter à danser. Comme je ne voyais Antonio nulle part, j'ai accepté. Après tout, ce n'est qu'une danse! J'ai vite retrouvé mon déhanchement de la côte caraïbe. Le gars (dont je ne me souviens plus le nom, d'ailleurs…) avait l'air pas mal impressionné!

« Après quelques pas, mon partenaire m'a fait tourner, et, je ne sais trop comment, je me suis retrouvée dans les bras d'Antonio, avec qui j'ai poursuivi la danse. Même s'il faisait plutôt noir, je pouvais voir le plus beau sourire du monde devant moi !

« Antonio a fait glisser sa main jusqu'au creux de mon dos et m'a rapprochée de lui. Nous avons ralenti notre rythme, sans nous soucier de la musique, qui, elle, était beaucoup plus rapide. Ma main s'est retrouvée sur sa joue, la joue la plus douce que j'aie sentie de TOUTE ma vie ! À cet instant, on a oublié tous les autres autour. Nous ne savions même plus où on était ! Alors, il a délicatement poussé une mèche de cheveux qui me retombait sur le nez, puis il m'a embrassée. Ses lèvres étaient si chaudes sur les miennes ! Avec le recul, je me dis que c'était peut-être parce que je n'avais plus de sang à la tête à cause de l'émotion, mais bien sûr, sur le coup, je n'ai pas eu cette réflexion. En fait, je ne réfléchissais à rien du tout ! C'était MAGIQUE !

« Sur ce, je dois te laisser de nouveau, Augusto vient de me dire qu'il s'en allait quelques minutes (donc quelques heures...) et je vais devoir travailler pour vrai ! »

De raconter tout ça à Marilou m'a remplie de frissons. C'est donc encore frémissante que je sers quelques clients, oubliant ma lettre, pliée en quatre tout près de la caisse. En voyant Stéphanie entrer avec Adrian sur les talons, je pense à glisser mon papier vite fait dans ma poche de derrière. Elle, elle pourrait comprendre ce qui y est dit. Même si elle connaît pas mal tous les événements que je raconte à Marilou, elle n'a pas à lire ce que j'ai écrit !

Elle a l'air de mauvaise humeur, probablement parce qu'Adrian lui colle encore aux talons. Pourtant, au lieu de venir s'asseoir devant moi, à la place libre au comptoir, elle choisit de s'installer à une table, toute seule. Adrian, pour sa part, va rejoindre un gars à une autre table. Étrange…

Dès qu'Augusto revient, je vais retrouver ma sœur. Elle lève les yeux en m'entendant approcher et lève un seul coin de sa bouche en guise de sourire. Je m'assois à côté d'elle et demande :

— Ça va ?

— Bof…

Ma sœur la toujours souriante, c'est presque inquiétant de la voir ainsi ! Je renchéris :

— Qu'est-ce qui se passe ?

— Fais pas cet air-là, Gab, c'est pas grave, je me sens juste un peu déprimée, c'est tout. Ça arrive à tout le monde. Et puis toi, tu as le mal du pays neuf jours sur dix, tu peux bien me laisser être un peu *down* aujourd'hui !

— C'est sûr. Fâche-toi pas ! Je vais…

Je lui fais signe que je vais retourner derrière le bar.

— Ben oui. T'en fais pas, ça va aller.

— D'ac…

Elle reste là environ une demi-heure, puis elle repart. En sortant, elle me sourit, mais je sens bien que son sourire est forcé ! J'hésite à la suivre. Mais elle vient tout juste de me dire de ne pas m'en faire. Si je me collais à ses talons, elle me prendrait certainement pour une petite sœur fatigante. Elle m'a laissé mon espace quand je boudais, je peux bien faire la même chose pour elle ! C'est de cette façon qu'on arrivera à vivre tout le temps ensemble durant un an.

Je pense à elle jusqu'à ce qu'Antonio mette les pieds dans le restaurant. Je trouve alors la meilleure personne pour me changer les idées ! Nous n'osons pas nous embrasser, pas sous le regard rieur d'Augusto ! Mais vers la fin de l'après-midi, mon « patron » nous dit de son ton moqueur habituel :

— *Allez, les enfants, filez, maintenant !*

Antonio me raccompagne jusqu'à la maison. Juste avant de me laisser, il me demande :

— *Est-ce que tu viens au parc ce soir ?*

Ce n'est pas l'envie qui manque, mais mon père nous convie à l'une de ses « merveilleuses » réunions de famille... Je fais donc non de la tête, d'un air déçu. Il arrête mon mouvement d'une main, puis il m'embrasse pour une deuxième fois.

Ce baiser est tout aussi mémorable que le premier... J'étais encore sur mon petit nuage quand je suis tombée face à face avec ma sœur dans le coin-cuisine. Déjà, elle semblait aller mieux et ça m'a bien rassurée !

Je cours à la chambre pour ranger la lettre avant que papa et maman arrivent pour la fameuse grande « réunion familiale ». Puis, nous nous installons tous les quatre au salon pour discuter de la prochaine étape : San José, que nous visiterons une fois pour toutes !

Chapitre 15
De qui vient ce coup bas ?

Le lendemain matin, je me rends au restaurant comme d'habitude. En route, je croise l'une des sœurs d'Antonio. Je la salue d'un « *Hola* » qui m'est de plus en plus familier, mais elle ne me répond même pas. Elle est sûrement dans sa bulle, comme ça m'arrive si souvent. Cela m'étonne tout de même ; ici, tout le monde salue toujours tout le monde. Et si, par malheur, on oublie de répondre, par exemple parce qu'on est trop absorbé par une conversation avec son *amoureux* (hi hi !), on en entend parler toute la journée !

Au restaurant, les vieux habitués me saluent de la main en me voyant approcher. Les quelques jeunes, pour leur part, me tournent le dos. Mais qu'est-il arrivé entre hier et aujourd'hui ? Je rejoins mon « patron » derrière le comptoir et je prends sans discuter le verre mouillé et le linge à vaisselle qu'il me tend. Je continue d'essuyer le verre, pourtant sec depuis une longue minute. Je repasse encore et encore le film de la journée d'hier dans ma tête, mais je ne vois pas ce qui cloche. Est-ce que, à cause de notre réunion de famille, nos amis ont réalisé que nous partions bientôt, ce qui les rend tristes ? Mais ce n'est pas une raison pour me bouder ! Il me semble qu'ils devraient plutôt faire le contraire et nous parler encore plus, non ?

Du coup, je prends moi aussi conscience que nous ne serons pas ici éternellement… Moi qui commençais tout juste à m'habituer. À l'idée de quitter Antonio, mon cœur se serre comme jamais auparavant. Pourquoi faut-il que ma première histoire d'amour se termine si vite ? Est-ce qu'un jour, dans ma vie, je pourrai rencontrer quelqu'un d'aussi parfait ? Je n'en suis pas certaine. Pas certaine du tout.

Justement, alors que je fais faire un autre tour à mon torchon dans mon verre, la perfection sur deux pattes arrive. Il semble lui aussi très triste. Ou même fâché. Il va s'asseoir au fond, sans me regarder une seconde. Comme si ce n'était pas assez,

Adrian vient se planter devant moi. Et pour en ajouter encore un peu plus, il porte son t-shirt jaune moutarde qui donne mal au cœur…

— *Allo, Gabriella. Alors, il paraît que tu as un amoureux à chaque endroit que tu visites ?*

— *Quoi ? Adrian, tu dis n'importe quoi !*

— *Ah oui ? Et c'est qui, Romario ?*

— *Qui t'a parlé de Romario ?*

— *Ah ! J'ai mes sources…*

Je bous de colère. Adrian me lance un dernier regard, l'air satisfait de son effet. Il va ensuite rejoindre ses camarades. Je n'en reviens pas. Comment a-t-il pu entendre parler de Romario ? Et qui a bien pu lui dire que c'était mon amoureux alors que c'est archifaux ? Je me rends alors compte que je n'ai pas démenti cette rumeur… J'aurais dû, mais il m'a prise par surprise. Je le déteste, je le déteste, je le déteeeeeste ! Je vois, maintenant, pourquoi tous mes amis refusent de me parler, Antonio le premier !

J'ai beau réfléchir, je ne comprends pas comment le nom de Romario a pu se propager ici, alors que je n'ai parlé de lui à personne ! La seule qui le connaisse, c'est

Stéphanie. Stéphanie ! Non ! Je ne peux tout de même pas croire qu'elle ait lancé cette rumeur ! Pas elle ! Pourquoi aurait-elle fait cela ? D'un autre côté, elle semblait en colère contre moi, hier. Elle avait peut-être envie de se venger… Ça n'explique pas pourquoi elle était fâchée.

Augusto me tapote l'épaule, puis il tend sa main vers moi pour que je lui donne le verre que j'assèche depuis au moins cinq minutes… Il m'en tend ensuite un autre en rigolant. Je poursuis ma tâche et ma grande réflexion. Tout à coup, j'échappe mon verre qui éclate en mille morceaux en touchant le sol.

Mais oui ! C'est ça ! Steph est jalouse ! Elle n'a jamais voulu l'avouer, mais elle est aussi amoureuse d'Antonio. Voyant que nous étions ensemble, elle a été frustrée et elle a voulu me faire du tort. Ça ne ressemble pas beaucoup à ma grande sœur, mais il n'y a aucune autre explication.

Je m'excuse auprès d'Augusto et je pars en courant. De loin, je vois la traîtresse assise sur un banc de parc. Elle est en compagnie de trois gamins à qui elle enseigne souvent le français. Je lui crie, de loin, sans crainte que qui que ce soit comprenne (après tout, les enfants ne savent que quelques couleurs et certains chiffres) :

— Stéphanie, t'es une belle hypocrite ! T'aurais pas pu me le dire en pleine face que ça t'écœurait qu'Antonio et moi on soit amoureux ? Fallait vraiment que tu t'arranges pour que tout le village soit contre moi ?

Elle reste silencieuse. Elle se contente de me regarder, l'air éberlué. Tout en parlant, je me suis approchée. Je lui crie, même si on est à moins de deux mètres l'une de l'autre :

— Ben là, réponds !

— Gab, je sais pas quoi te dire… Je sais vraiment pas de quoi tu parles !

Les enfants nous regardent tour à tour en essayant de saisir quelques mots, les yeux ronds comme des balles de ping-pong.

— Si c'est pas toi, qui a parlé à TOUT LE MONDE de Romario ? Et pourquoi tu es allée leur dire que c'était mon chum ? C'est tellement pas vrai !

— Gab, comment tu veux que je te le dise : c'est pas moi !

— Tu es la SEULE qui connaît son nom. Même papa et maman savent à peine qui c'est! Comment tu penses que je vais pouvoir passer le reste de l'année avec toi si je peux pas te faire confiance, hein? Dis-moi donc la vérité!

— T'es certaine que t'as pas parlé de Romario à quelqu'un d'autre?

— Juste à mes amies au Québec, par courriel, et dans la lettre que j'ai commencé à écrire pour Marilou. C'est sûrement pas une des filles qui a pris l'avion jusqu'ici juste pour dire à TOUT LE MONDE que je sortais avec un gars avec qui je suis même pas sortie!

— Et la lettre, tu l'aurais pas mise dans ton sac de voyage, par hasard?

— Non, en fait… je l'ai mise dans le tien, j'avais peur de plus la retrouver, dans le mien…

Elle éclate de rire. J'avoue que, même si je suis fâchée, je me trouve un peu ridicule aussi.

— Qui est-ce que j'ai surpris à fouiller dans ma valise?

Je ne réponds pas. Mes yeux la supplient de continuer.

— Notre grand « ami » Adrian!

— Nooooon! Tu penses qu'il aurait pu trouver ma lettre, voir le nom de Romario, comprendre certains détails et inventer cette histoire?

— Tu trouves pas que ça lui ressemble?

— TOUT À FAIT! Le SALAUD! Ah, Steph! Je suis teeeellement désolée! Je peux pas croire que je t'aie accusée! C'est hor-riiiible!

— C'est correct, Gab, je t'aime pareil.

— Moi aussi, je t'aime.

Et un petit garçon à côté de moi répète fièrement:

— Je t'aime!

Tiens donc, ils ne connaissent pas seulement les chiffres et les couleurs, finalement!

Chapitre 16
Le plan

Nous avons réglé un problème, Stéphanie et moi, mais il en reste tout de même deux très gros : Antonio, qui croit que je sors avec tous les gars d'Amérique latine ou presque, et Adrian, qui multiplie les coups de poignard dans les dos de Steph et moi !

— Tu veux que je lui parle, à ton beau mec ?

— Tu penses qu'il te croirait ? Alors qu'il sait à quel point on est proches ?

— Peut-être pas... Mais Gab, tu ne lui parleras plus du tout ?

C'est franchement une excellente question ! Je réponds par une moue exagérée. Nous réfléchissons quelques secondes, puis Steph s'exclame :

— C'est simple ! La personne la plus crédible pour dire la vraie vérité à Antonio, c'est Adrian !

Nous chassons les enfants, au cas où ils saisiraient plus de mots en français qu'on le croit, même si nous parlons beaucoup trop vite pour leurs minces connaissances. Puis, nous élaborons un plan…

❋

Un peu moins d'une heure plus tard, nous n'avons pas de plan ingénieux ou même machiavélique. Nous nous rendons à la maison, où il n'y a personne. C'est notre jour de chance, ça n'arrive presque jamais !

Nous nous faufilons dans la chambre qu'Adrian partage pour encore quelques jours avec son frère, sa belle-sœur et ses neveux. Le stress m'envahit bien vite. Contrairement à notre meilleur ennemi, je ne suis pas à l'aise du tout de fouiller dans les choses des autres !

Mais nous n'avons pas à traîner dans cette pièce très longtemps. En effet, en soulevant le matelas du lit d'Adrian, Stéphanie découvre un de ses soutiens-gorge ! Nous n'en croyons pas nos yeux. Nous n'avons qu'à nous regarder et, soudainement, notre plan est tout à fait clair ! Steph cache son vêtement dans sa poche de pantalon et nous nous ruons à l'extérieur de la maison.

Nous trouvons Adrian dans la cour, tentant d'attraper un poulet. La scène est plutôt drôle ; je me demande lequel est le moins gracieux : le gars ou l'oiseau ! Stéphanie crie, pour couvrir les piaillements des bêtes :

— *Hé, Adrian ! Il paraît que tu voles les sous-vêtements des filles pour les porter en cachette ?*

— *N'importe quoi !*

— *Qu'est-ce que çu faisait dans ta chambre, alors ?* demande Steph.

L'accusé blêmit d'un coup. Il ouvre la bouche pour se défendre, mais il se rend probablement compte qu'aucune défense ne vaut vraiment la peine. Oui, on a fouillé dans ses choses, mais il l'a fait avant nous ! Ça pourrait paraître cruel, mais j'adooore la situation ! Pour une fois, c'est nous qui avons le gros bout du bâton et pas lui !

— *Je vais tout vous expliquer, mais... pas ici.*

Il nous fait signe de le suivre et nous allons au bout du village, près d'un champ, là où personne ne peut nous entendre. Adrian accepte alors de parler.

— *Je sais, je n'ai pas été vraiment gentil avec vous depuis que vous êtes arrivées. Il faut que je vous avoue quelque chose...*

Il s'arrête là et se tord les mains pendant quelques secondes. Comme la patience n'est pas ma principale vertu, je lui dis d'un ton brusque :

— *Quoi ?*

Stéphanie, d'un naturel plus doux, me calme en posant sa main sur mon bras.

— Laisse-le parler, Gab.

— *Depuis que je vous ai vues, vous m'impressionnez. Vous venez d'ailleurs, vous connaissez plein de choses, plein d'endroits. Moi, tout ce que je connais, c'est ici. C'est le seul avantage que je pouvais avoir sur vous. Et ça m'énervait que vous soyez amies avec tout le monde si vite.*

— *Tu étais jaloux ?* demande Stéphanie.

— *Non ! Peut-être... j'imagine que oui...*

J'ajoute, d'un ton incrédule :

— *Tu as fait tout ça juste parce que tu étais jaloux ?*

— *Ici, tout le monde invente des histoires pour se rendre intéressant. C'est comme ça que ça marche. Mais... j'ai peut-être exagéré...*

— *Maintenant, je te jure que si tu ne dis pas à Antonio et à tous les autres que tu as menti au sujet de Romario, tous les habitants du village vont savoir que tu portes les sous-vêtements de Steph en cachette ! C'est clair ?*

Il fait un signe de tête affirmatif. J'espère qu'il a bien compris ma dernière réplique ; plusieurs mots étaient dans un espagnol douteux, ou même en français avec un accent ! Néanmoins, il retourne vers le village sans nous jeter un dernier regard. Stéphanie lève la main pour que je tape dedans, ce que je m'empresse de faire. Nous sommes bien fières de notre coup. Et en plus, nous pouvons nous vanter de n'avoir ni humilié Adrian ni terni sa réputation pour nous venger.

Nous marchons lentement jusqu'au parc en rigolant. Les jeunes que nous croisons ne nous saluent pas, mais au moins, cette fois-ci, je sais pourquoi, et je suis certaine que les choses changeront très bientôt…

***

Dès que j'aperçois Antonio s'approcher, je comprends qu'Adrian lui a parlé.

Il avance d'un pas assuré, le sourire aux lèvres. Sans attendre qu'il soit rendu près de nous, Stéphanie s'exclame :

— Je vous laisse !

Puis elle s'en va plus loin. Antonio prend sa place sur le banc à mes côtés quelques secondes plus tard.

— *Je connais Adrian depuis qu'il est né. Je sais qu'il raconte toujours n'importe quoi. Je n'aurais pas dû le croire, cette fois-ci. Je m'excuse, Gabriella !*

Il murmure les derniers mots dans le creux de mon oreille. Je pose ma tête dans le creux de son cou. J'ai l'intention de la laisser là très, très longtemps. Toute la vie, si possible… Pour un moment comme celui-là, je peux remercier Adrian et ses histoires stupides !

Puis, la dure réalité me frappe : nous partons dans trois jours. Trois microscopiques minuscules jours à partager avec l'homme de ma vie !

Chapitre 17
Triste départ

— *C'est vrai qu'il nous reste peu de temps à passer ensemble, mais on serait ridicules de le perdre à pleurer, non ?*

Antonio est un véritable sage. Je sais bien qu'il a raison, pourtant je suis incapable d'arrêter mes larmes de couler et de s'écraser sur le sable. Nous sommes venus à la rivière tôt ce matin, cette fois-ci avec Stéphanie et maman. Ma mère et ma sœur pataugent sous la chute, surtout pour nous laisser tranquilles sur la plage, Antonio et moi.

Pour me changer les idées, et surtout pour fixer ce moment magique mais triste, je tâtonne de ma main droite pour attraper mon appareil photo. Je m'amuse ensuite à créer des effets, devant l'œil épaté de celui qui est encore mon amoureux pour un moment. J'essaie de le prendre pour modèle, mais il refuse en se cachant derrière son avant-bras. Je tente de le repousser, puis nous luttons un peu. En pleine bataille, je réussis à prendre un cliché qui, à ma grande surprise, est vraiment très réussi ! C'est exactement l'image d'Antonio qui restera à jamais gravée dans mon esprit : ses yeux ronds rieurs, ses cheveux en bataille, son large sourire magnifique…

Il regarde l'écran de la caméra par-dessus mon épaule et dit dans un souffle :

— *Tout ce que tu touches devient magnifique, Gabriella. Tu es magique !*

Puis il m'enlace et me retient entre ses bras réconfortants pendant ce qui paraît être plusieurs heures. Je suis incapable de retenir les larmes qui montent une fois de plus. Tout en sanglotant, je lui demande :

— *Crois-tu qu'on pourra se revoir un jour ?*

— *La vie est bonne. Tu vois, grâce à elle, nous nous sommes rencontrés. Je crois qu'on peut lui faire confiance, non ?*

— *J'espère que tu as raison…*

Pour nous rassurer, nous élaborons mille et un plans pour le futur. Lui deviendra médecin comme il le désire. Il parcourra la planète, d'abord pour se perfectionner dans les endroits plus riches, comme au Canada, en Europe ou en Australie, puis il aidera ensuite les pays qui en ont besoin, en commençant par ceux d'Amérique latine.

De mon côté, dès mon retour au Québec, je prendrai des cours de photographie, puis je poursuivrai mes études dans ce domaine au cégep. Après plusieurs expositions, je serai facilement engagée par un grand journal ou une revue pour faire des reportages photo sur des thèmes internationaux. C'est à ce moment que je rejoindrai Antonio n'importe où sur le globe. Nous vivrons ainsi jusqu'à notre retraite, que nous prendrons sur une île déserte au milieu du Pacifique. Magnifiques plans, non ?

Mon cœur est déjà plus léger quand nous retournons au village. Le lendemain, jour de notre départ, sera pénible, mais j'ai maintenant plus confiance en notre destin !

❋

Vers la fin de l'après-midi, Adrian nous fait signe de le suivre, mon père, ma mère, ma sœur et moi. Quel mauvais coup a-t-il encore préparé, celui-là ? Mais pour une fois, on peut lui faire confiance. Il faut dire qu'il est beaucoup plus sympathique, depuis notre petite discussion... Il nous entraîne jusqu'au restaurant. Déjà, de loin, nous pouvons apercevoir des gens qui y font la fête. En nous approchant, je constate que tous les habitants sont réunis ! Et c'est en notre honneur ! Une grande banderole sur laquelle est écrit « Bon voyage, les amis ! » (en français et sans faute !) est accrochée au-dessus du bar. Ma mère est émue jusqu'aux larmes et je sens que ce ne sera pas très long avant que le reste de la famille l'imite !

Les femmes du village ont préparé un véritable festin. Nous nous empiffrons comme de vrais porcs ! Je suis bien contente quand quelques gars décident de pousser les tables sur les côtés de la pièce et de mettre de la musique pour danser. Je me déhanche, me balance, saute, tourne, tourne et tourne tant que j'en oublie tout. J'oublie notre départ de ce minuscule petit point sur la carte, perdu au fond de la jungle, qui a finalement réussi à me charmer. J'oublie que demain je quitterai le gars que j'aime pour très, très longtemps. J'oublie que tout sera à recommencer dans un nouvel endroit : me faire de nouveaux amis, retrouver un semblant de routine, éviter de nouvelles bêtes féroces… Ça fait un bien immense !

Antonio, devant moi, se démène tout autant. J'imagine que lui aussi essaie de mettre sa tristesse de côté pour un instant. Demain, nous pleurerons dans les bras l'un de l'autre et nous souhaiterons que la vie soit aussi bonne que nous le pensions, plus tôt, à la rivière.

Les premières notes d'une chanson plus douce résonnent dans le restaurant. Antonio m'enlace aussitôt. Je lui demande dans un espagnol encore un peu boiteux :

— *Tu vas te souvenir de moi quand je vais être partie ?*

— *Comment est-ce que je pourrais faire autrement ? Tu es inoubliable !*

— *Antonio ?*

— *Oui ?*

— *J'aimerais mieux que tu ne sois pas là, demain, quand on va partir.*

— *Je comprends…*

***

Le lendemain matin, j'ai encore plus de difficulté à faire mes bagages que les deux fois précédentes. C'est peut-être parce que mon sac rapetisse à chaque destination, mais je crois plutôt que c'est à cause des larmes qui brouillent ma vue. Je voudrais courir jusque chez Antonio pour lui faire un dernier adieu, mais ce ne serait pas une bonne idée. De plus, je préfère garder comme dernier souvenir ce baiser qu'il a déposé le plus amoureusement du monde sur mes lèvres, juste avant que l'on quitte le restaurant la veille.

Je me contente donc de lui écrire un tout petit mot qu'Adrian lui remettra. Les choses ont bien changé, je lui fais maintenant assez confiance pour une telle mission! Je note donc, en français: « En attendant que tu parcoures la planète, je t'emmène avec moi partout où j'irai.

Gabriella xxx

« P.-S. Si jamais Internet se rend un jour au village, voici mon adresse courriel: gabbbb@moncourriel.com. »

Nous embarquons à l'arrière du camion de José Luis. Stéphanie fixe droit devant elle. Elle est déjà passée à autre chose, même si je la sens très triste. Elle fait bien. Je prends sa main dans la mienne et je fixe moi aussi le sentier qui nous mène vers la grande route, vers l'avenir.

Chapitre 18
Heureux retour

Après le Costa Rica, notre périple nous a menés au Panama puis vers l'Amérique du Sud : la Colombie, l'Équateur, le Pérou, la Bolivie, le Chili, l'Argentine, l'Uruguay, le Brésil, le Venezuela, pour ensuite revenir à l'Amérique centrale, plus précisément au Nicaragua, au Honduras, et finalement au Guatemala. Nous avons vu des paysages à couper le souffle : un désert de sel, des volcans, des ruines datant de millénaires, des montagnes majestueuses, des lacs tranquilles bleus, turquoises, verts et même ROSES avec des flamants roses. Nous avons aussi rencontré des centaines de gens merveilleux, qui seront à jamais gravés dans ma mémoire. Mais pour mieux me rappeler tout cela, j'ai des milliers d'images, qui me permettent du même coup de faire voyager mes amis du Québec ! Laura, Sarah, Noémie, Anabelle, Marilou, Élizabeth et moi sommes assises dans ma chambre, certaines sur mon lit, d'autres par terre, comme l'an dernier. On dirait que le temps n'a pas passé! Mais oui, j'ai bel et bien vécu toute une année au loin, comme le prouvent les photos que nous regardons sur l'ordinateur portable de papa.

— Elles sont DÉBILES, tes photos, Gab. Tu es la MEILLEURE photographe que je connaisse, me complimente Élizabeth.

— Tu sais ce que tu devrais faire? demande Marilou.

— Non, quoi?

— Une exposition! On pourrait t'aider à choisir les meilleures et puis aller les proposer à la bibliothèque, dans la grande salle d'expo! Ce serait super, non?

Si c'est super? Mais c'est une idée de génie! Est-ce que quelqu'un peut m'expliquer comment j'ai pu me séparer de ces merveilleuses copines si longtemps?

✱

Comme Marilou l'avait imaginé, nous avons choisi ensemble une vingtaine de photos. Celles-ci représentent surtout des paysages, mais j'ai tenu aussi à sélectionner quelques portraits, dont celui d'Antonio pris au bord de la rivière.

Laura m'a ensuite accompagnée à la bibliothèque, où nous avons rencontré la responsable des événements, madame Poitras, qui a été bien impressionnée par mon travail. Elle a accepté d'exposer mes photos durant un mois !

J'ai eu beaucoup de boulot, par la suite. J'ai dû faire imprimer chaque photo choisie, puis les monter sur de grands cartons noirs. Surtout, j'ai dû préparer des fiches expliquant où a été prise chaque image. Mais ça en a valu la peine !

Ce soir, c'est le vernissage de mon exposition. La grande ouverture ! Je suis si nerveuse ! C'est peut-être juste à la bibliothèque municipale, mais c'est tout de même le début de ma carrière. Et le début de cette vie que nous avions imaginée, Antonio et moi, sur la plage. Mes parents m'ont acheté une robe magnifique pour l'occasion. Elle est toute blanche, avec de petites bretelles qui se croisent dans le dos. Même Stéphanie s'est mise belle pour l'occasion ! D'ailleurs, je ne l'ai jamais vue aussi fière de moi. C'est fou comme cette année à l'étranger nous a rapprochées, toutes les deux !

Les visiteurs sont beaucoup plus nombreux que je l'aurais cru. Bien sûr, ma famille et mes amis se sont déplacés, mais il y a aussi un journaliste, un photographe professionnel et même le maire de la ville ! Tous me félicitent et se disent épatés par mon grand talent. Un homme a acheté une prise de vue du désert de sel bolivien et une femme m'a donné un contrat pour photographier son parterre fleuri.

Les gens partent un à un. Je sens que le responsable de la bibliothèque voudrait bien que l'on quitte la place, nous aussi. Je fais un dernier tour, replongeant une seconde dans chacune de mes « œuvres ». Je m'arrête un peu plus longtemps devant le sourire magique d'Antonio. J'ai alors un petit pincement au cœur. Pense-t-il encore à moi ? Je ne le saurai peut-être jamais… Je laisse échapper un long soupir, puis je reprends le dessus sur ma tristesse. Après tout, la soirée a été un succès, ce n'est pas le temps d'être mélancolique !

Dans la voiture qui nous ramène à la maison, papa, maman, Steph et moi, je flotte sur un petit nuage. C'est l'une des plus belles journées de toute ma vie... et l'une des plus fatigantes aussi ! En entrant chez moi, je n'ai qu'une envie : prendre mes courriels et sauter dans mon lit.

J'allume le portable de papa, resté dans le salon. Je me connecte rapidement à Internet, navigue jusqu'à ma boîte de réception et là, mon cœur cesse de battre pendant au moins huit heures. Ou huit centièmes de seconde...

J'ai un nouveau message de... Antonio ! Il m'écrit en espagnol (bien entendu), un message qui signifie ceci :

Très chère Gabriella,

Après tout ce temps sans nouvelles, j'espère que tu te souviens encore de qui je suis !

Non, Internet ne s'est pas encore rendu au fin fond de la jungle ! J'habite depuis quelques jours à San José avec ma grande sœur, pour poursuivre mes études. Je n'ai même pas pris le temps de défaire mes valises avant de t'écrire, j'avais trop hâte. J'ai donc trouvé un petit café Internet d'où t'envoyer des nouvelles.

J'ai beaucoup pensé à toi depuis ton départ. Souvent, j'allais à la rivière pour m'imaginer encore ton visage. Je suis déçu de n'avoir aucune photo de toi (peux-tu m'en envoyer une?), mais je n'ai pas de difficulté à revoir tes yeux si brillants dans mes pensées.

J'espère que tu poursuis toujours ton rêve en prenant encore de magnifiques photos et je souhaite par-dessus tout que nous nous revoyions un jour. J'espère aussi que tu me répondras!

Antonio

La vie est si bien faite; bien sûr qu'on se reverra!

Titres de la collection

ISBN 978-2-89595-413-2

ISBN 978-2-89595-414-9

ISBN 978-2-89595-415-6

ISBN 978-2-89595-459-0

ISBN 978-2-89595-483-5

ISBN 978-2-89595-531-3